LES MISÉRABLES

VICTOR HUGO

tome III
Gavroche

Adaptation
PIERRE DE BEAUMONT

Édition enrichie d'un dossier pédagogique
MARIE-CLAIRE DESTARAC

HACHETTE
Français langue étrangère
http://www.fle.hachette-livre.fr

Crédits photographiques : couverture, © François Guenet / agence
Enguerrand ; p. 5, Photothèque Hachette ; pp. 9, 13, 20, 27, 30, 34,
36, 43, 49, 85, 87, 89, 91, © Photothèque Hachette ; pp. 40, 61, 63, 65,
67, 74, © Film Pathé-Natan ; p. 52, © BN.

Couverture et conception graphique : Guylaine Moi
Composition et maquette : Mosaïque, Médiamax
Iconographie : Any-Claude Medioni, Brigitte Hammond

ISBN 2 01 155243-5

© Hachette Livre 2003, 43 quai de Grenelle, 75905 Paris cedex 15

Sommaire

L'œuvre et son auteur

Marius découvre un jour que le père qu'il n'a jamais connu était un héros de la Révolution et de l'Empire. Il devient alors républicain, mais le grand-père royaliste qui l'a élevé ne peut supporter cette idée et le chasse de sa maison. Marius devient cependant avocat. Il aime Cosette mais il ne peut se marier sans l'autorisation de son grand-père. Désespéré, il se retrouve sur les barricades aux côtés des républicains qui préparent une révolution. Un jeune garçon du peuple, Gavroche, se trouve là aussi... Jean Valjean arrive à temps pour sauver Marius qui pourra se marier avec Cosette.

Victor Hugo est né en 1802. Dès l'âge de seize ans, il écrit des poèmes et est très vite célèbre. Il devient le chef de jeunes écrivains français qui se font appeler les « romantiques ». Sa pièce de théâtre *Hernani* (1830) est à l'origine d'une grande dispute entre les « romantiques », défendant un théâtre moderne et libre, et les « classiques », partisans d'un théâtre soumis aux « règles » et au « bon goût ». De 1830 à 1843, il publie des romans (*Notre-Dame de Paris*, 1831), des pièces de théâtre (*Ruy Blas*, 1838) et des poèmes. Victor Hugo participe à la vie politique de son pays. Il se bat contre la misère et la peine de mort, pour la liberté et l'école pour tous.

Il attaque la politique de Napoléon et doit, en 1851, quitter la France pendant vingt ans. Il s'installe à Guernesey, une île entre la France et la Grande-Bretagne, où il écrit de grandes œuvres, notamment *Les Misérables*. Très célèbre, il meurt en 1885 et est enterré au Panthéon avec les plus grands hommes de France.

Repères

Jean Valjean a le même âge que Napoléon Ier. L'histoire de Gavroche se passe entre 1815 et 1832 pendant la Restauration. Gavroche meurt en 1832 au moment d'une révolte populaire.

1789		Prise de la Bastille. **Début de la Révolution française**
1792	20 septembre	Victoire de l'armée révolutionnaire à Valmy
	21 septembre	**Proclamation de la Ire République**
1793		Exécution du roi Louis XVI
1793		Napoléon est nommé général à la tête de l'armée d'Italie
1799		Napoléon prend le pouvoir par un coup d'État. **Début du Consulat**
1804	2 décembre	Napoléon est sacré Empereur des français **Début du Premier Empire**
1805	2 décembre	Victoire de Napoléon à Austerlitz
1814		Napoléon vaincu doit laisser le pouvoir Louis XVIII devient roi **Début de la Ire Restauration**
1815	20 mars	Napoléon évadé de l'île d'Elbe entre à Paris **Début des Cent-Jours**

	18 juin	Défaite de Napoléon à Waterloo
	8 juillet	Louis XVIII rentre à Paris Début de la **IIe Restauration**
1821		Mort de Napoléon à Sainte-Hélène
1824		Mort de Louis XVIII Charles X devient roi
1830	27-31 juillet	Le peuple de Paris se révolte (les Trois Glorieuses) Charles X doit laisser le pouvoir. Louis-Philippe Ier devient roi
1832	5-6 juin	Les Parisiens se révoltent lors de l'enterrement du général Lamarque
1848	23-24 février	Insurrection à Paris Louis-Philippe laisse le pouvoir Un gouvernement républicain s'installe
	4 mai	**Proclamation de la IIe République**
1851	2 décembre	Louis-Napoléon Bonaparte prend le pouvoir par un coup d'État
	12 décembre	Exil de Victor Hugo
1852	2 décembre	**Proclamation du Second Empire**
1862		Publication des *Misérables*

Résumé
des deux premiers livres

Un jeune ouvrier qui fait vivre huit enfants, Jean Valjean, vole un pain un hiver où il est sans travail. Il est condamné à cinq ans de prison et envoyé à Toulon. Comme les autres prisonniers, il cherche à se sauver. On le condamne de nouveau. Il sort de prison au bout de dix-neuf ans. Plus tard, sous le nom de Monsieur Madeleine, il gagne beaucoup d'argent. Il aide un vieillard, Fauchelevent, une pauvre jeune femme, Fantine, qui meurt par la suite. Mais pour sauver un vieil homme qui va être emprisonné à sa place, il reprend son nom de Jean Valjean. Il est condamné à la prison à vie et renvoyé à Toulon.

Avant d'être arrêté, il a pu cacher l'argent qu'il avait gagné. Évadé[1] une nouvelle fois, il le reprend et se rend à Monfermeil où il enlève à de méchantes gens, les Thénardier, une pauvre petite fille de cinq ans, Cosette, la fille de Fantine, qu'on battait et faisait travailler comme une grande personne.

Javert, le policier qui a déjà arrêté Jean Valjean, le retrouve et l'homme fuit dans la nuit, Cosette sur le dos. Il réussit à entrer dans un jardin de religieuses[2]. Il y retrouve Fauchelevent qu'il a placé là autrefois.

Fauchelevent le présente comme s'il était son frère. Jean Valjean travaille avec lui et Cosette est élevée par les religieuses. Mais au bout de cinq ans, le vieux Fauchelevent meurt : Jean Valjean quitte son travail et va vivre en ville.

---

1. S'évader : se sauver de prison.
2. Une religieuse : une femme qui offre sa vie à Dieu et à la religion.

Juin 1815 : une armée anglaise commandée par le général* Wellington et une armée prussienne commandée par le général Blücher sont réunies en Belgique. Napoléon les attaque* et réussit à les séparer. Il envoie une partie de ses troupes*, sous le commandement du général Grouchy poursuivre Blücher pour l'empêcher de rejoindre Wellington. Puis il décide de détruire l'armée anglaise qui l'attend sur le plateau de Mont-Saint-Jean. Il envoie l'ordre à Grouchy de venir attaquer les Anglais par derrière...

*L*a charge* des cuirassiers*

Fatigué par vingt ans de guerre, malade, Napoléon reste le dieu des batailles. Tout ce qu'il a décidé pour vaincre* les Anglais et les Prussiens est bon : aller droit au cœur de[1] la ligne* ennemie, la couper en deux, pousser les Allemands à droite et les Anglais à gauche, enlever le plateau de Mont-Saint-Jean où les Anglais l'attendront certainement, prendre Bruxelles, jeter l'Allemand dans le Rhin[2] et l'Anglais dans la mer : voilà ce que Napoléon veut faire. Ensuite il verra.

Malheureusement, quand l'armée française arrive devant le plateau de Mont-Saint-Jean, il pleut, et la bataille contre les Anglais ne peut commencer avant onze heures et demie du matin. Les Prussiens auront le temps d'arriver.

---

1. Au cœur de : au centre de.
2. Le Rhin : fleuve qui traverse plusieurs pays d'Europe de l'Ouest et qui sépare en particulier la France de l'Allemagne.

Tout le monde connaît le commencement de cette bataille... Vers quatre heures il n'y a plus que le centre anglais qui résiste* encore et les trois mille cinq cents cuirassiers du général Milhaud reçoivent l'ordre d'attaquer.

D'un même mouvement et comme un seul homme, les cavaliers* descendent dans le fond de la plaine où tant d'hommes sont déjà tombés. Ils disparaissent dans la fumée, puis sortant de cette ombre reparaissent de l'autre côté du vallon[1], toujours serrés, montant à toute vitesse à travers un nuage de balles* et d'obus*. Ils vont tranquilles et sûrs d'eux au milieu d'un bruit sourd. Le général Wathier tient la droite ; Delord, la gauche. On croit voir de loin deux grands serpents de fer traverser la bataille.

Au-dessus d'eux, à l'ombre de leurs canons*, formés en carrés, deux mille par carré et sur deux lignes, arme à l'épaule, prêts à tirer, tranquilles, muets, trente-cinq mille soldats anglais attendent. Ils ne voient pas les cavaliers et les cavaliers ne les voient pas. Ils écoutent monter cette mer d'hommes. Ils entendent le bruit de trois mille chevaux et une sorte de grande respiration sourde.

Il y a un silence, puis, tout à coup, une forêt de bras levés paraît au-dessus de la bordure du plateau, des sabres* brillent et trois mille têtes aux cheveux gris crient : « Vive l'Empereur ! » Tous ces cavaliers entrent sur le plateau et c'est comme un tremblement de terre.

---

1. Un vallon : une petite vallée.

La bataille de Waterloo

Mais alors, à la gauche des Anglais, à la droite des Français, les premiers chevaux rencontrent un chemin creux, profond de quatre mètres, que personne ne pouvait voir.

Le moment est terrible. Les chevaux essaient de s'arrêter. Le deuxième rang pousse le premier et le troisième pousse le deuxième. Les chevaux se rejettent en arrière, tombent. Aucun moyen de reculer. La force préparée pour écraser* les Anglais écrase les Français. Cavaliers et chevaux roulent ensemble, se mêlent les uns les autres. Quand le fossé[1] est plein d'hommes vivants, on marche dessus et le reste passe.

---

1. Un fossé : ici, c'est le chemin creux.

En même temps, soixante canons et treize carrés[1] tirent sur les cavaliers. Ceux-ci n'ont même pas un temps d'arrêt. Ils n'ont pas perdu courage. Ce sont de ces hommes que le malheur grandit[2].

Wathier et ses hommes ont seuls disparu. Les cuirassiers de Delord ont pris à gauche et courent sur les carrés anglais.

Ventre à terre[3], arme aux dents[4], telle est l'attaque. Les Anglais ne reculent pas. Le premier rang des soldats, genou à terre, reçoit les cavaliers. Le deuxième tire. Derrière le deuxième, les canonniers* chargent* les canons. Les carrés s'ouvrent, laissent passer les obus et se referment. Les cavaliers répondent par l'écrasement. Leurs grands chevaux sautent par-dessus les rangs et tombent au milieu de ces quatre murs vivants. Les obus font des trous dans les cavaliers. Les cavaliers font des trous dans les carrés. Des groupes d'hommes disparaissent, écrasés sous les chevaux. Chaque carré se resserre[5].

Les cavaliers, peu nombreux, moins encore depuis la traversée du chemin d'Ohain, ont là contre eux presque toute l'armée anglaise, mais chacun d'eux vaut dix hommes. Des troupes commencent à fuir. Wellington les voit et lance ses cavaliers.

---

1. Les carrés : les soldats sont placés sur quatre côtés, en carrés.
2. Le malheur les grandit : le malheur les rend plus courageux, plus forts, meilleurs.
3. Ventre à terre : expression qui veut dire en allant très vite.
4. Arme aux dents : ici, expression qui veut dire arme prête à être utilisée.
5. Se resserrer : les hommes se rapprochent les uns des autres, les carrés deviennent plus petits.

Attaqués de côté et en tête, en avant et en arrière, les Français, doivent faire face* de tous côtés. Ce n'est plus une mêlée, c'est un orage d'âmes et de courages, d'éclairs d'armes. Le plateau de Mont-Saint-Jean est pris, repris, pris encore. Douze fois les Français attaquent. Ney[1] a quatre chevaux tués sous lui. Six drapeaux sont enlevés et portés à l'Empereur devant la ferme de la Belle-Alliance. L'armée anglaise est profondément blessée. Wellington se sent presque battu.

Les cavaliers n'ont pas cependant gagné la bataille. Plus de deux mille d'entre eux sur trois mille cinq cents sont morts. Le centre ennemi tient toujours et le plateau reste pour la plus grande partie aux Anglais. Pourtant l'armée anglaise est la plus malade. Les cavaliers ont détruit les soldats. Quelques hommes autour d'un drapeau sont tout ce qui reste d'un carré...

Dans la direction de Bruxelles, on ne voit que des hommes qui courent. Wellington n'a plus de cavaliers. L'armée anglo-hollandaise n'a plus que trente-quatre mille hommes. Les étrangers qui regardent, un Espagnol et un Autrichien, croient Wellington perdu. À cinq heures, celui-ci sort sa montre, et on l'entend dire : « Blücher, ou la nuit ! »

C'est alors qu'une ligne sombre apparaît sur les hauteurs du côté de Frishemont. Joyeux, Napoléon dit : « C'est Grouchy. » Hélas ! C'est Blücher.

---

1. Ney : un des maréchaux* de l'armée de Napoléon.

*L*a garde* meurt et ne se rend* pas !

On sait le reste : l'arrivée de toute l'armée prussienne, les Français repoussés, une nouvelle bataille reprenant à la nuit, toute la ligne anglaise poussée en avant, l'armée française traversée, les canons anglais et prussiens crachant le feu à la fois.

La Garde, dernier espoir, avance alors. Comme elle sent qu'elle va mourir, elle crie : « Vive l'Empereur ! » L'histoire ne rapporte[1] rien de pareil à ces cris d'amour dans la défaite*.

Le ciel a été couvert[2] toute la journée. Tout à coup, à huit heures du soir, les nuages s'ouvrent et laissent passer, à travers les arbres de la route de Nivelles, la grande rougeur triste du soleil qui se couche. On l'avait vu se lever à Austerlitz.

Chaque groupe de la garde est commandé par un général. Quand ces hommes paraissent, tranquilles, beaux, sans colère, l'ennemi croit voir vingt victoires* entrer sur le champ de bataille* et ceux qui sont vainqueurs* reculent un moment ; mais les soldats rouges[3], couchés dans les blés, se lèvent, une pluie de balles frappe le drapeau aux trois couleurs et la dernière bataille commence.

---

1. Rapporter : ici, dire, raconter.
2. Un ciel couvert : un ciel sombre, plein de nuages qui cachent le soleil.
3. Les soldats rouges : ici, les Anglais (le rouge est la couleur de leur habit de soldat).

La garde de l'Empereur sent dans l'ombre l'armée couler autour d'elle. Elle entend le « Sauve qui peut ![1] » qui a remplacé le « Vive l'Empereur ! » Mais, elle, elle continue d'avancer, de moins en moins nombreuse, mourant à chaque pas qu'elle fait. Aucun ne recule.

Ney, grand entre les grands, s'offre[2] à tous les coups. Le feu aux yeux, déboutonné[3], la veste traversée, une balle dans la cuisse, sanglant, beau, sabre cassé à la main, il dit : « Venez voir comment meurt un maréchal de France. »

Derrière la garde, l'armée plie de tous les côtés à la fois. Tout recule, roule et tombe. Ney se fait amener un nouveau cheval, saute, et, sans chapeau, les habits déchirés, se met en travers de la route de Bruxelles, arrêtant à la fois les Anglais et les Français. Il essaie de retenir l'armée. Il la rappelle... Ses soldats se sauvent en criant : « Vive Ney ! »

Napoléon fait un dernier effort avec ce qui lui reste de la garde : il court après ses hommes, les appelle, les prie. Toutes ces bouches qui criaient le matin : « Vive l'Empereur », restent muettes ; c'est à peine si on le reconnaît. Les cavaliers prussiens, nouveaux venus, s'élancent, volent, taillent[4], tuent. Des chevaux se sauvent avec des canons. Des hommes tombent. D'autres sautent sur les chevaux qui courent. On s'écrase. On marche sur les morts et les vivants. Les routes, les chemins, les ponts, les plaines, les vallées, les bois sont pleins de quarante mille hommes. Cris, désespoir ; sacs, armes, jetés dans les blés. Plus de camarades, plus de généraux, la peur.

---

1. « Sauve qui peut ! » : cri d'appel au secours.
2. S'offrir : ici, se mettre en avant, ne pas fuir les coups, au contraire.
3. Déboutonné : les boutons défaits.
4. Tailler : couper en morceaux.

À Genappe, on essaie de se retourner, de faire front*. Mais la fuite recommence. Les vaincus* traversent les Quatre-Bras, traversent Thuin. Hélas ! Et qui court donc de la sorte ? La Grande Armée.

À la nuit tombante, dans un champ près de Genappe, les généraux Bernard et Bertrand arrêtent un homme sombre, pensif[1], qui vient de mettre pied à terre[2], et qui, tirant son cheval derrière lui, l'œil fou, s'en retourne vers Waterloo. C'est Napoléon essayant encore d'aller en avant...

Quelques carrés de la garde, comme des rochers, tiennent jusqu'à la nuit. La nuit venant, la mort aussi, ils attendent ces ombres et s'en laissent envelopper. Chaque groupe, séparé des autres et de l'armée, meurt seul.

Vers neuf heures du soir, au bas du plateau de Mont-Saint-Jean, il en reste un.

Dans ce vallon, au pied de cette pente montée par les lourds cavaliers, couverte maintenant par les soldats anglais, sous les feux des canons ennemis, ce carré se bat encore. Il est commandé par le général Cambronne. À chaque coup de canon, le carré resserre ses quatre murs.

Quand ils ne sont plus que quelques-uns, quand leur drapeau n'est plus qu'un chiffon[3], quand leurs armes ne sont plus que des bâtons, quand le tas des morts est plus haut que celui des vivants, il y a parmi les vainqueurs une sorte de peur autour de ces mourants. Eux ne voient que des chevaux, des hommes, des canons. Ils entendent qu'on charge les

---

1. Pensif : qui a l'air de réfléchir à quelque chose.
2. Mettre pied à terre : descendre de cheval.
3. Chiffon : vieux tissu sale et déchiré.

canons une dernière fois. Un général anglais leur crie avant de mettre le feu : « Français, rendez-vous ! »

Cambronne répond : « Merde[1] ! »

Entre tous les soldats de Waterloo, nous placerons Cambronne le premier. L'homme qui a gagné la bataille de Waterloo ce n'est pas Napoléon, ce n'est pas Wellington pliant* à quatre heures, désespéré à cinq, ce n'est pas Blücher qui ne s'est pas battu. L'homme qui a gagné la bataille de Waterloo, c'est Cambronne.

Jeter cette réponse à la nuit, au chemin creux d'Ohain, à l'arrivée de Blücher, faire en sorte de rester debout après qu'on sera tombé, après cette tuerie* avoir pour soi l'histoire[2], c'est ce que Cambronne a fait.

Ils sont là, tous les rois d'Europe, les généraux heureux. Ils ont cent mille soldats victorieux, et derrière les cent mille, un million. Leurs canons sont prêts. Ils ont sous leurs canons la garde de l'Empereur et la grande armée. Ils viennent d'écraser Napoléon, et il ne reste plus que Cambronne. Il n'y a plus que lui pour leur tenir tête*.

Alors, il cherche un mot comme on cherche une arme ; et c'est ce mot-là qu'il trouve. Devant cette victoire de la chance sur l'intelligence, devant cette victoire sans victorieux*, ce désespéré reste debout, et, sous le nombre, le poids et la force il dit encore :

« Non ! ».

Dire cela, trouver cela, c'est être le vainqueur.

---

1. Merde : gros mot. Pour éviter de dire ce mot qui n'est pas très beau, les Français disent souvent depuis : « Le mot de Cambronne ». On dit aussi que le général Cambronne aurait crié la phrase « La garde meurt mais ne se rend pas ».
2. Avoir pour soi l'histoire : l'histoire dit du bien de cette personne.

© Hachette

Cambronne blessé et vengé

Au mot de Cambronne, la voix anglaise répond :
« Feu ! » Les canons rougeoient[1]. La terre semble s'ouvrir. Une fumée épaisse, blanchie par le lever de la
lune, roule ; et quand elle s'est élevée, il n'y a plus
rien, à peine un corps qui remue. Et c'est ainsi que
la grande armée, plus grande que les armées de Rome,
finit à Mont-Saint-Jean, sur la terre mouillée de
pluie et de sang, dans les blés sombres.

---

1. Rougeoyer : envoyer une couleur rouge, ici cela veut dire que les canons
lancent des obus et que cela donne une lumière rouge.

Le champ de bataille la nuit

La guerre a des beautés. Elle a aussi quelques laideurs[1]. Voler les biens[2] des morts est l'une d'elles. Après les vainqueurs viennent les voleurs. Le matin qui suit une bataille se lève sur des corps sans vêtements.

Vers minuit, un homme se cache du côté du chemin creux d'Ohain. Ni Anglais, ni Français, ni paysan, ni soldat, il cherche les morts et les retourne. Il va devant lui et regarde derrière. Qui est cet homme ? Il n'a pas de sac, mais de larges poches sous sa veste. De temps en temps, il s'arrête, regarde la plaine autour de lui, se penche, dérange à terre quelque chose, puis va plus loin.

Cette fois encore, il s'arrête. À quelques pas devant lui, dans le chemin, au point où finit le tas des morts, de dessous ce tas d'hommes et de chevaux, sort une main ouverte, éclairée par la lune. Cette main a au doigt quelque chose qui brille, et qui est en or. L'homme se penche, reste un moment à terre, et bientôt il n'y a plus d'or à cette main.

Il se retourne et veut se relever. Il sent qu'on le tient par-derrière. Il se retourne de nouveau. C'est la main ouverte qui s'est refermée et qui a pris le bas de sa veste.

---

1. Une laideur : quelque chose de laid, contraire de beauté.
2. Le bien de quelqu'un : ce qui lui appartient.

Un autre homme aurait peur. Celui-ci se met à rire. « Tiens, dit-il, ce n'est que le mort. J'aime mieux ça qu'un gendarme[1]... Ah ! ça, est-il vivant ce mort ? Voyons donc. »

Il se penche de nouveau, met les mains dans le tas de corps, prend la main, fait place à la tête, tire le corps et amène l'homme à lui. C'est un officier*. De l'or brille sur la veste. Il a reçu un coup terrible. Son visage est en sang. Par une chance étonnante, les autres morts l'ont empêché d'être écrasé par les chevaux. Ses yeux sont fermés.

Il porte sur la poitrine une décoration* en argent. L'homme l'arrache[2] et la met dans une de ses poches. Après quoi, il trouve une montre et la prend, puis quelques pièces d'or et les prend aussi.

L'officier ouvre alors les yeux. La fraîcheur de la nuit, l'air respiré librement l'ont réveillé. « Merci », dit-il faiblement. L'homme ne répond pas. Il lève la tête. On entend un bruit de pas dans la plaine : des gendarmes ou des soldats. Le blessé dit à voix très basse :

« Qui a gagné la bataille ?

– Les Anglais.

– Cherchez dans ma poche. Vous y trouverez de l'or et une montre. Prenez-les. »

L'homme fait semblant[3] d'obéir et dit :

« Il n'y a rien.

– On m'a volé, reprend le cavalier. Cela aurait été pour vous.

---

1. Un gendarme : un policier.
2. Arracher : enlever brusquement, avec force.
3. Faire semblant : faire croire à l'autre qu'on fait quelque chose alors qu'on ne le fait pas réellement.

– Voilà qu'on vient » dit l'homme, faisant le mouvement de quelqu'un qui s'en va.

Le cavalier soulève le bras avec peine, le retient :
« Vous m'avez sauvé la vie. Qui êtes-vous ?

– J'étais comme vous de l'armée française. Il faut que je vous quitte. Je ne veux pas être pris. Je vous ai sauvé la vie. Tirez-vous d'affaire[1] tout seul maintenant.

– Comment vous appelez-vous ?

– Thénardier.

– Je n'oublierai pas ce nom. Et vous, souvenez-vous, je me nomme Pontmercy. »

Pontmercy

Pontmercy était un brave*. Depuis vingt-cinq ans il se battait pour la République et pour la France. Il avait été de toutes les batailles, de Valmy à Austerlitz, à Friedland, à Wagram, à Montmirail. Vingt fois il avait été blessé... À Waterloo, à la tête[2] de ses cuirassiers, il avait pris un drapeau anglais et l'avait jeté aux pieds de Napoléon. L'Empereur lui avait crié :
« Tu es colonel*. Tu es baron[3]. »

Puis il avait chargé à la tête de ses hommes et il était tombé dans le chemin creux d'Ohain. On sait la suite.

---

1. Se tirer d'affaire : se sortir tout seul d'un moment difficile.
2. Être à la tête : être le chef.
3. Baron : titre de noblesse. On naît baron ou on le devient en récompense de ce qu'on a fait pour le pays.

Il n'était pas mort. Quand il rentre en France en 1816, c'est pour apprendre que le gouvernement de Louis XVIII lui refuse le grade* de colonel, le titre de baron et qu'il est pauvre. C'est aussi pour trouver sa femme morte.

Son beau-père, M. Gillenormand, est un vieil homme riche. Il est resté royaliste après 1789. Il hait tous ceux qui ont servi la République et l'Empire. Il n'a jamais voulu reconnaître[1] le mariage de sa première fille (il en a deux) et d'un soldat républicain. Il appelle Pontmercy un « bandit[2] », a toujours refusé de le voir et même d'en entendre parler. Cependant il a pris chez lui le fils de Pontmercy et promis de laisser tout son argent à ce petit-fils si le père n'essaie jamais de le rencontrer.

Pauvre, usé[3] par les combats et plus de vingt blessures, le colonel-baron de Pontmercy accepte dans l'intérêt[4] de l'enfant.

Il vit seul à Vernon dans une petite maison au milieu des fleurs en pensant aux grandes choses qu'il a faites et à ce fils qu'il aime. Il va souvent le voir de loin à l'église, mais il tient sa promesse de ne jamais lui parler.

L'enfant, Marius, sait qu'il a un père, quelque « bandit » républicain, mais rien de plus. Avec son petit-fils, M. Gillenormand n'a jamais un mot de douceur. Il lui parle durement, mais il l'aime et l'enfant est tout pour lui.

Pontmercy tombe malade et fait appeler son fils.

---

1. Reconnaître : ici, accepter.
2. Un bandit : un voleur. Ici, un voyou.
3. Usé : ici devenu vieux, fatigué et beaucoup moins fort qu'avant.
4. Son intérêt : ce qui est le mieux pour lui, qui lui est le plus utile.

Marius trouve son père mort. On lui remet ce morceau de papier :

« POUR MON FILS.

L'Empereur m'a fait baron à la bataille de Waterloo. J'ai payé ce titre de mon sang. Mon fils le prendra et le portera.

« *À cette même bataille un homme m'a sauvé la vie. Cet homme s'appelle Thénardier. Dans ces derniers temps, je crois qu'il tenait un petit hôtel dans les environs de Paris, à Chelles ou à Montfermeil. Si mon fils le rencontre, il fera à Thénardier tout le bien qu'il pourra.* »

Marius revient à Paris et continue ses études de droit[1]. Il oublie tout à fait son père. Mais un peu plus tard il rencontre un prêtre qui lui raconte combien son père l'aimait, comment il venait le regarder de loin tous les quinze jours à l'église et cela pendant des années. Marius comprend que son grand-père lui a caché la vérité.

Alors ce jeune royaliste cherche dans le passé. Il apprend que son père n'était pas un bandit mais un héros*. Il trouve son nom à chaque page de l'histoire de la grande armée de Napoléon. Un grand amour naît en lui et il devient républicain.

Le grand-père l'apprend et trouve la lettre de Pontmercy à son fils.

« Qu'est-ce que cela veut dire ? demande-t-il à Marius en jetant la lettre au feu.

– Cela veut dire, répond le jeune homme, que je suis le fils de mon père. »

---

1. Le droit : études des textes de loi.

M. Gillenormand, qui a quatre-vingts ans maintenant rit, puis dit durement :

« Ton père, c'est moi.

– Mon père, répond Marius les yeux baissés, était un homme simple et brave. C'était un héros qui a servi la République et la France, qui a pris deux drapeaux, qui a reçu vingt blessures, qui est mort oublié, et qui n'a eu qu'un tort, c'est de trop aimer son pays, et son fils. »

À ce mot, la République, M. Gillenormand s'est levé. Chaque parole de Marius est pour le vieux royaliste un coup de fer rouge[1].

« Marius, s'écrie-t-il. Terrible enfant ! je ne sais pas ce qu'était ton père ! Je ne veux pas le savoir ! Mais ce que je sais, c'est qu'il n'y a jamais eu que des misérables[2] au milieu de tous ces gens-là ! Je dis tous ! ... Je dis tous ! Entends-tu Marius ! Vois-tu bien ; tu es baron comme ma chaussette. C'étaient tous des bandits ceux qui ont servi la République et Bonaparte ! Ils se sont sauvés devant les Prussiens et les Anglais à Waterloo ! Voilà ce que je sais. Si monsieur votre père est là-dessous, je n'y peux rien ! »

Pendant que le vieil homme parle, Marius tremble. Il ne sait que devenir. Sa tête est en feu. Que faire ? Son père vient d'être insulté[3]. Et par qui ? Par son grand-père. Mais il ne peut laisser parler sans répondre. Alors il crie : « À bas[4] les rois ! »

---

1. Le fer rouge : un morceau de fer chauffé, qui brûle. Ici, chaque parole de Marius fait beaucoup de mal à son grand-père.
2. Un misérable : ici, un méchant homme, un voyou.
3. Il a été insulté : on lui a dit des choses désagréables, des injures.
4. À bas ! à mort ! : cri qu'on pousse quand on est contre quelqu'un.

Monsieur Guillenormand maudit Marius

De rouge, le vieillard devient tout à coup plus blanc que ses cheveux. Puis il va deux fois, lentement et en silence, de la cheminée à la fenêtre et de la fenêtre à la cheminée, traversant toute la salle et faisant crier le plancher[1]. À la deuxième fois, il se penche vers sa deuxième fille, qui écoute avec son air habituel de vieux mouton, et il lui dit en souriant d'un sourire froid et presque tranquille « Un baron comme monsieur et un pauvre homme comme moi ne peuvent rester sous le même toit. »

Et tout à coup, se relevant, blanc, tremblant, terrible, le front agrandi par la colère, il tend le bras vers Marius et lui crie : « Va-t'en ! »

Le lendemain, M. Gillenormand dit à sa fille : « Vous enverrez tous les six mois six cents francs à ce buveur de sang, et vous ne m'en parlerez jamais. »Marius ne devait jamais accepter cet argent... Il était parti, avec trente francs, sa montre, et un peu de linge[2] dans un sac.

---

1. Le plancher : un sol recouvert de bouts de bois plats, les planches.
2. Le linge : les sous-vêtements, ici les habits les plus utiles.

Marius aime

Au Quartier latin[1] où il va tout naturellement, Marius rencontre de jeunes républicains : Enjolras, Combeferre, Jean Prouvaire, Feuilly, Courfeyrac, Bahorel, Laigle, Joly, Grantaire. Tous ces jeunes gens se rappellent la République et rêvent de Révolution. Marius devient leur ami.

Comme eux, il connaît les jours sans pain, les nuits sans sommeil, les soirs sans lumière et sans feu, les semaines sans travail, l'habit troué au coude, le vieux chapeau qui fait rire les jeunes filles, la porte de l'hôtel fermée parce qu'on n'a pas payé, le rire des voisins, du portier[2] ou du patron du restaurant, les durs travaux qu'il faut faire pour ne pas mourir de faim.

Malgré cela, il devient avocat[3]. Il l'écrit à son grand-père dans une lettre polie, mais froide[4]. M. Gillenormand prend la lettre avec un tremblement, la lit, et la jette, déchirée en quatre, au panier.

Les amis de Marius le présentent à des journalistes. Il écrit dans de petits journaux, et il arrive à gagner de quoi mal vivre. Il cherche à retrouver Thénardier. Il va à Chelles, à Bondy, à Gournay, à Nogent, à Lagny, à Montfermeil. Thénardier a fait de mauvaises affaires. L'hôtel a été vendu. L'homme a disparu ainsi que sa femme, ses deux filles et son fils.

---

1. Le Quartier latin : le quartier des étudiants à Paris.
2. Un portier : son métier est de surveiller l'entrée d'une maison.
3. Un avocat : une personne dont le métier est de défendre et de conseiller les gens qui ont des problèmes avec la justice.
4. Froide : sans gentillesse, peu aimable.

Marius a vingt ans et souvent il va se promener dans les jardins du Luxembourg. Il y rencontre un homme de soixante ans, aux cheveux blancs, vêtu d'un vieil habit, qui a l'air dur et bon en même temps. Une très jeune fille aux yeux bleus marche à côté de lui. L'homme et la fille s'assoient tous les jours sur le même banc.

Un jour, la jeune fille le regarde. Qu'y a-t-il cette fois dans ce regard ? Marius ne pourrait le dire. Il n'y a rien et il y a tout. C'est un curieux éclair.

Le soir, en rentrant dans sa pauvre chambre, Marius jette les yeux sur ses vêtements et s'aperçoit pour la première fois qu'il est assez fou pour aller se promener au Luxembourg avec ses habits de « tous les jours », c'est-à-dire un vieux chapeau, de vieux souliers, un pantalon noir, blanc aux genoux et une veste, blanche aussi aux coudes !

Chaque jour qui passe, Marius est plus amoureux de la jeune fille. Il va tous les jours au Luxembourg et regarde de loin. Il n'ose parler. Il essaie de se faire voir le plus possible à la jeune fille et le moins possible par le vieux monsieur. Quelquefois, pendant de longues minutes il reste à l'ombre d'une statue. Il tient à la main un livre. Mais ses yeux doucement levés regardent la jeune fille qui sourit.

Le vieux monsieur s'aperçoit de quelque chose, et ils ne viennent plus au Luxembourg. Marius cherche et ne peut les retrouver. L'été passe, puis l'automne. L'hiver vient. Mais Marius n'a toujours qu'une pensée : revoir ce clair et beau visage. Ce n'est plus un rêveur[1], un homme fort ; il est comme un chien perdu. Il devient triste. Le travail et même la marche le fatiguent. Il lui semble que tout a disparu.

Où nous retrouvons Thénardier et Cosette

Dans la pauvre maison du vieux quartier où il habite, Marius a des voisins : un nommé Jondrette et sa femme. Ils ont deux filles et un fils. Les Jondrette semblent dans une grande misère. Ils ne vivent que de l'argent qu'ils réussissent à se faire donner. Marius lui-même les aide quelquefois.

---

1. Un rêveur : une personne qui rêve, même éveillée.

Le fils, nommé Gavroche, vient de temps en temps voir ses parents. Ce garçon, âgé de onze à douze ans, a été jeté par eux à la rue[1]. Il est habillé de chiffons ; mais il est gai. Il va, vient, chante, joue, vole un peu pour vivre comme un petit chat, rit, n'a pas de maison, pas de pain, pas de feu, mais il est heureux parce qu'il est libre.

Tous les deux à trois mois, il dit : « Je vais voir maman ! » Alors il quitte le boulevard, descend sur les quais, passe les ponts, arrive chez ses parents et trouve la pauvreté, la tristesse, le froid dans les cœurs.

Quand il entre, on lui demande « D'où viens-tu ? » Il répond : « De la rue. » Quand il s'en va, on lui demande : « Où vas-tu ? » Il répond : « Dans la rue. » Sa mère lui dit : « Qu'est-ce que tu viens faire ici ? »

Il vit sans l'amour de ses parents comme ces herbes qui poussent dans les caves. Il n'est pas triste de n'être pas aimé. Il ne sait pas comment devraient être un père et une mère. C'est tout.

Les murs de la maison où Marius et les Jondrette habitent sont si vieux qu'on voit à travers et un jour Marius entend et voit entrer chez les Jondrette un homme et une jeune fille. C'est le vieil homme et la jeune fille qu'il cherche depuis si longtemps. Cet homme, c'est Jean Valjean et la fille, c'est Cosette. Ils donnent de l'argent et promettent de revenir le soir même pour apporter du linge.

Après leur départ, les Jondrette parlent et Marius, dans sa chambre, les écoute. Avec des amis, ils décident de voler le vieux monsieur. Marius court à la police. Il rencontre Javert.

---

1. Jeter quelqu'un à la rue : ne plus le laisser habiter la maison.

Le soir, le vieux monsieur revient seul. Jondrette lui dit qu'il le connaît, qu'il l'a vu dix ans plus tôt enlever[1] sans en avoir le droit une petite fille qui s'appelait Cosette et il demande deux cent mille francs. Le vieux monsieur répond et Marius comprend que Jondrette, le bandit, n'est autre que Thénardier.

La police arrive. Jondrette et ses amis sont arrêtés. Le vieux monsieur saute par la fenêtre et disparaît.

« Je crois que je le connais », s'écrie Javert... Il le cherche et ne peut le retrouver.

Lui, Marius, le retrouve. Il réussit même un jour à voir Cosette seule et à lui dire son amour. Mais Jean Valjean veut garder sa fille tout à lui. Il veut défendre son bonheur, sa raison de vivre[2] contre Marius. Une Révolution se prépare. La police se remue, est partout. Le vieil homme prend peur. Il décide de quitter la France et d'aller en Angleterre.

Marius est désespéré, il aime Cosette, il sait que Cosette l'aime, il veut l'épouser... Il fallait alors avoir vingt-cinq ans pour pouvoir se marier sans l'autorisation de ses parents. Marius qui a vingt-deux ans seulement va voir son grand-père pour la lui demander. Celui-ci aime au fond son petit-fils de tout son cœur. Il attend désespérément son retour. Si Marius s'était jeté dans ses bras, il l'aurait embrassé. Marius se montre froid. Le grand-père répond qu'on ne se marie pas avec la première venue[3] quand on se dit baron. Marius sort en disant : « Je ne vous demanderai plus rien, monsieur. Adieu. »

---

1. Enlever un enfant : le voler.
2. Sa raison de vivre : la seule chose qui lui donne envie de vivre.
3. La première fille venue : la première fille que l'on rencontre, n'importe laquelle.

Jean Valjean veut garder sa fille tout à lui.

© Hachette

Le pauvre vieil homme ouvre la bouche, tend les bras, essaie de se lever. Trop tard. Marius a disparu... Il court comme on peut courir à quatre-vingt onze ans et crie : « Rattrapez-le ! Qu'est-ce que je lui ai fait ? Il est fou ! Il s'en va ! Ah ! mon Dieu ! Ah ! mon Dieu ! Cette fois, il ne reviendra plus ! »

Il va à la fenêtre qui donne sur la rue, l'ouvre de ses vieilles mains tremblantes, se penche et crie encore : « Marius ! Marius ! Marius ! Marius ! » Mais Marius ne peut déjà plus l'entendre.

Le vieillard porte ses mains à son front et se laisse tomber sur sa chaise.

La mort du général Lamarque

En juin 1832, le général Lamarque meurt. Cet homme courageux sur les champs de bataille de la Révolution et de l'Empire avait su après les guerres défendre les pauvres et les ouvriers. Le peuple l'aimait et, le jour de sa mort, se révolte. Au passage du mort, le 5 juin, le drapeau rouge* apparaît. Un officier est tué par une balle. Des cavaliers chargent. Une femme crie : « On commence trop tôt. »

Alors les pierres pleuvent. Des coups de fusil partent. Des combattants sortent de partout. Des barricades* s'élèvent. Un bruit de guerre remplit Paris. On crie : « Aux armes ! » On court. On tombe. On se bat. On se défend. On avance. On recule. La colère monte comme le feu sous le vent.

À ce moment, un enfant de onze à douze ans descend de Montmartre avec des fleurs dans les

© Hachette

mains. Il voit dans une boutique un vieux pistolet*.
Il jette ses fleurs et prend l'arme.

Un peu plus loin il voit des gâteaux et s'arrête. Il
cherche dans ses poches et les retourne. Il n'y trouve
rien, pas un sou[1]... Il est dur de ne pas manger le
dernier gâteau.

---

1. Un sou : nom d'une pièce de monnaie française autrefois.

Deux minutes plus tard, il est à Saint-Denis. Il voit des gens bien habillés passer et il dit :

« Ces gens riches, c'est gras[1]. Ça mange trop. Demandez-leur ce qu'ils font de leur argent. Ils n'en savent rien. Ils le mangent, quoi ! Ils promènent des ventres pleins. C'est tout. »

Puis en levant son pistolet, il crie :

« Tout va bien. Ventres pleins, tenez-vous bien. En avant, les hommes ! Battons-nous. Vive la liberté ! »

À ce moment, devant lui, un cavalier tombe. Gavroche – l'enfant, c'est lui – pose son pistolet et il aide l'homme à se relever. Ensuite il ramasse le pistolet et reprend son chemin.

Arrivé au marché Saint-Jean, Gavroche rencontre un groupe de jeunes hommes conduits par Enjolras, Courfeyrac, Combeferre, Feuilly, Bahorel et Jean Prouvaire. Ils sont à peine armés. Enjolras a un fusil de chasse* à deux coups ; Combeferre, deux pistolets. Jean Prouvaire et Bahorel ont de vieilles armes. Courfeyrac et Feuilly portent des sabres.

Ils arrivent au quai Morland, sans cravates, sans chapeaux, mouillés par la pluie, l'éclair aux yeux. Gavroche leur demande :

« Où allons-nous ? – Viens », dit Courfeyrac.

Derrière Fleury, marche Bahorel. Il a une chemise rouge. Un passant crie en le voyant : « Voilà les rouges ! »

Des jeunes gens, des ouvriers armés de sabres ou de bâtons les suivent. Quelques-uns ont des pistolets dans leurs pantalons. Gavroche marche en avant de tous.

---

1. Gras : gros.

Leur nombre grossit à chaque rue. Vers la rue des Billettes, un homme grand, aux cheveux gris, que personne ne connaît, se mêle aux jeunes gens. Gavroche, occupé de chanter, d'aller en avant, de frapper aux portes et aux fenêtres avec son vieux pistolet cassé, ne le remarque pas.

Bientôt Courfeyrac, Enjolras et leurs amis, sans savoir comment, se trouvent rue Saint-Denis devant un cabaret[1], *le Corinthe*, où ils ont l'habitude de venir chaque jour. Ils s'arrêtent et décident de faire là une barricade avec les tables, les chaises, des morceaux de bois et une vieille voiture à cheval, un fiacre[2], qu'ils retournent, les roues en l'air, au milieu de la rue.

D'autres hommes arrivent et les aident. Des ouvriers apportent un tonneau[3] plein de poudre*. On casse le seul réverbère[4] de la rue de la Chanvrière, ceux de la rue Saint-Denis et des rues voisines de Mondétour, du Cygne, des Prêcheurs, de la Grande et de la Petite Truanderie.

Enjolras, Combeferre et Courfeyrac sont les chefs. Deux barricades se construisent en même temps de chaque côté du *Corinthe*. L'une ferme la rue de la Chanvrière ; l'autre, la petite rue Mondétour. Cinquante hommes y travaillent, une trentaine sont maintenant armés de fusil. Un feu a été allumé dans la cuisine. On boit après le travail. Les cartouches* sont mêlées sur les tables avec les verres de vin.

---

1. Un cabaret : un café, un lieu public où on peut boire des alcools et tout genre de boissons chaudes ou froides.
2. Un fiacre : voiture d'autrefois tirée par des chevaux.
3. Un tonneau : un genre de grand seau en bois, fermé, dans lequel on met de la poudre, du vin...
4. Un réverbère : un genre de lampe qui sert à éclairer les rues la nuit.

L'homme grand que Courfeyrac, Combeferre et Enjolras ont remarqué au coin de la rue des Billettes travaille à la petite barricade de la rue Mondétour et s'y rend utile. Gavroche travaille à la grande. Il va, vient, monte, descend, remonte, parle comme il respire[1]. Il semble là pour donner du courage à tous. Il remplit l'air. Il est partout à la fois. Il rend les uns gais. Il met les autres en colère, se pose, s'arrête, repart, vole, saute de ceux-ci à ceux-là. Le mouvement est dans ses petits bras et le bruit dans ses petits poumons[2].

« Encore des pierres ! Encore des tonneaux ! Encore des choses ! Où y en a-t-il ? Bouchez-moi ce trou-là. C'est tout petit, votre barricade. Il faut que ça monte. Mettez-y tout. Cassez la maison. Tenez, voilà une porte vitrée[3].

– Une porte vitrée ! Qu'est-ce que tu veux qu'on fasse d'une porte vitrée, petit ? disent les travailleurs.

– Une porte vitrée dans une barricade, c'est très bon, répond Gavroche. Ça n'empêche pas de l'attaquer, mais ça gêne pour la prendre. Vous n'avez donc jamais volé des pommes de terre par-dessus un mur où il y a des morceaux de bouteilles ? Une porte vitrée, ça coupe les souliers et les pieds des soldats quand ils montent sur une barricade. Ah ! çà, vous n'avez pas d'idées, mes camarades ! »

L'enfant va de l'un à l'autre et demande :

« Un fusil, je veux un fusil ! Pourquoi ne me donne-t-on pas un fusil ?

---

1. Il parle comme il respire : il n'arrête pas de parler.
2. Les poumons : partie du corps qui se trouve dans la poitrine et qui sert à respirer.
3. Vitrée : en verre, à travers laquelle on peut voir.

– Un fusil à toi ? dit Combeferre.

– Tiens ! répond Gavroche, pourquoi pas ? J'en ai bien eu un en 1830 quand on a discuté avec Charles X.

– Quand il y en aura pour les hommes, on en donnera aux enfants. »

Gavroche répond : « Si tu es tué avant moi, je te prends le tien. »

Les deux barricades sont alors hautes de deux mètres. Deux étroits passages permettent d'en sortir et d'y rentrer. Un drapeau rouge est planté sur le fiacre.

Chaque homme a trente cartouches. Certains ont de la poudre. On fond[1] les cuillers, les fourchettes

---

1. Fondre : chauffer quelque chose de solide jusqu'à ce qu'il devienne liquide. Ici, on fond les couverts de table pour en faire des munitions, des projectiles.

et les couteaux de l'hôtel sur le feu de la cuisine et on en fait des balles. Le tonneau de poudre n'a pas encore été ouvert. Il est resté dehors entre la barricade et la porte. Au loin, on entend des cris. Ce sont les ouvriers qui appellent le peuple de Paris à la révolte.

On charge les fusils et les carabines*, tous ensemble, lentement, sans se presser. Puis, les barricades construites, chacun à sa place, les fusils chargés, devant ces rues où personne ne passe plus, entourés de ces maisons mortes, enveloppés des ombres de la nuit qui tombe et de ce silence où on sent s'avancer quelque chose, armés, sûrs d'eux, tranquilles, ils attendent.

L'homme
de la rue des Billettes

La nuit est tout à fait tombée. Rien ne vient. On entend seulement par moments des coups de fusil, mais rares et au loin. Le gouvernement prend son temps et groupe[1] ses forces. Ces cinquante hommes en attendent soixante mille.

Enjolras voudrait voir la bataille commencer. Il va trouver Gavroche qui s'est mis lui aussi à préparer des cartouches dans la salle basse. Mais l'enfant s'est arrêté. Il regarde le fusil de l'homme de la rue des Billettes. Celui-ci vient d'entrer. Il s'est assis devant la table la moins éclairée. Du fusil, l'enfant passe à l'homme. Alors il se lève et tourne autour de lui sur la pointe des pieds comme on marche autour de quelqu'un qu'on a peur de réveiller. En même temps, sur son petit visage à la fois si gai et si sérieux, on peut lire toutes ces questions :

« Ah ! bah ! Pas possible ! Je vois double ! Je rêve ! Est-ce que ce serait ?... Non, ce n'est pas ! Mais si ! Mais non ! »

C'est à ce moment-là qu'Enjolras lui parle.

« Tu es petit, lui dit-il. On ne te verra pas. Sors des barricades. Marche le long des maisons. Va un peu partout dans les rues, et reviens me dire ce qui se passe.

---

1. Grouper : mettre ensemble.

© Hachette

– Les petits sont donc bons à quelque chose ! C'est bien heureux ! J'y vais. En attendant, attention aux grands... »

Et Gavroche, levant la tête et baissant la voix, ajoute, en montrant l'homme de la rue des Billettes :

« Vous voyez ce grand-là ?

– Eh bien ?

– C'est un agent de police.

– Tu es sûr ?

– Il n'y a pas quinze jours qu'il m'a tiré l'oreille au pont Royal. »

Gavroche ne se trompait pas ; cet homme était un policier, c'était Javert. Enjolras le fait arrêter et attacher par quatre hommes à une table de la salle basse.

« C'est la souris qui a pris le chat, dit Gavroche.

– Vous serez tué deux minutes avant que la barricade ne soit prise, ajoute Enjolras.

– Pourquoi pas tout de suite ? fait Javert.

– Nous sommes des juges, pas des tueurs[1]. »

Puis il ajoute en parlant à Gavroche :

« Toi, va à ton affaire ! Fais ce que je t'ai dit.

– J'y vais », crie Gavroche.

Et s'arrêtant au moment de partir :

« Vous me donnerez son fusil ! »

---

1. Un tueur : un assassin.

Le drapeau

Dix heures sonnent à Saint-Merry. Enjolras et Combeferre vont s'asseoir, la carabine à la main, près de l'entrée de la grande barricade. Ils ne se parlent pas. Ils écoutent. Ils cherchent à entendre même le bruit de pas le plus lointain.

Tout à coup, au milieu de ce silence triste, une voix claire, jeune, gaie, qui semble venir de la rue Saint-Denis, s'élève et se met à chanter :

Au clair de la lune,
Mon ami Pierrot,
Prête-moi ta plume
Pour écrire un mot.

« C'est Gavroche, dit Enjolras.

– Il nous prévient », dit Combeferre.

Deux minutes plus tard, l'enfant arrive en courant, saute par-dessus le vieux fiacre et crie : « Mon fusil ! Les voici ! »

On entend le mouvement des mains qui cherchent les fusils.

« Veux-tu ma carabine ? dit Enjolras.

– Je veux le grand fusil », répond Gavroche.

Et il prend le fusil de Javert.

Enjolras, Combeferre, Courfeyrac, Joly, Bahorel, Gavroche et les autres se mettent à genoux, la tête à la hauteur de la grande barricade, les fusils prêts à faire feu*.

Un moment passe encore. Puis il y a un bruit de pas lourd, lent. Il semble qu'on entende au bout de la rue respirer un grand nombre d'hommes. On ne voit pourtant rien, sauf tout au fond des fusils qui brillent. Il y a une attente et puis tout à coup une voix sort de l'ombre et crie : « Qui vive ?[1] » En même temps on entend armer des fusils.

Enjolras répond :

« Révolution française ! »

« Feu ! » dit la voix.

Un éclair rouge traverse la rue. Le drapeau rouge tombe. Plusieurs hommes sont blessés.

« Camarades, crie Courfeyrac, ne perdons pas de poudre. Attendons qu'ils avancent. » Et il ramasse le drapeau qui était tombé à ses pieds. On entend tout près les soldats qui rechargent leurs fusils.

Pendant ce temps, le petit Gavroche voit des hommes avancer le long des murs. Il crie : « Attention ! »

Il n'est déjà presque plus temps. Des baïonnettes* paraissent au-dessus de la barricade. Des gardes passent par-dessus le fiacre, poussant devant eux l'enfant qui recule, mais ne se sauve pas...

Bahorel s'élance sur le premier garde qui entre et le tue d'un coup de carabine. Le deuxième tue Bahorel d'un coup de baïonnette. Un autre avait déjà jeté à terre Courfeyrac qui criait : « À moi ! » Le plus grand de tous marche sur Gavroche, la baïonnette en avant. L'enfant prend dans ses petits bras le grand fusil de Javert et tire. Rien ne part. Javert n'avait pas chargé son arme. Le garde rit et lève la baïonnette sur l'enfant.

Avant qu'elle ne touche Gavroche, le fusil tombe des mains du soldat, une balle a frappé le garde au

---

1. Qui vive ? : expression ancienne qui veut dire : qui est là ?

milieu du front et il tombe sur le dos. Une deuxième balle frappe en pleine poitrine l'autre garde penché sur Courfeyrac et le jette sur la pierre.

C'est Marius qui vient d'entrer dans la barricade.

Marius

Marius est sorti de chez son grand-père et il a appris que Jean Valjean a décidé d'emmener Cosette, sa fille, à Londres et qu'elle est perdue pour lui. Alors il a pris ses armes et cherché ses amis. Il a remonté la rue Saint-Denis et avant d'arriver au *Corinthe*, il a vu la barricade. Longtemps, il est resté sous une porte, ne sachant que faire ; mais quand il a entendu Courfeyrac crier : « À moi ! », vu Bahorel tué, et la baïonnette au-dessus de l'enfant, il s'est jeté dans la bataille deux pistolets à la main.

Maintenant la barricade est couverte de soldats, le fusil au poing. L'un d'eux tire sur Marius, mais le manque. Enjolras crie : « N'attendez plus ! Tirez ! » Les coups de feu partent, des hommes tombent, mais soldats et gardes sont trop nombreux. Les insurgés* sont perdus quand on entend une voix forte qui crie :

« Allez-vous-en, ou je vous fais sauter ![1] »

Tous se retournent du côté d'où vient la voix.

Marius est près du tonneau de poudre. Il l'a fait tomber et le tonneau s'est ouvert. Et maintenant, tous,

---

1. Faire sauter : faire exploser, tuer.

gardes, officiers, soldats, regardent le jeune homme, le pied sur une pierre, une lampe à la main, le visage décidé, penchant la flamme vers la poudre et poussant ce cri :

« Allez-vous-en, ou je fais sauter la barricade !

– Sauter la barricade ! dit un officier, et toi aussi ! » Marius répond . « Et moi aussi. »

Mais il n'y a déjà plus personne autour de lui. Laissant leurs morts et leurs blessés, tous les soldats sont partis en courant.

Les révoltés entourent Marius. Courfeyrac l'embrasse.

« Te voilà ! Quel bonheur ! dit Combeferre.

– Tu es venu à temps ! fait Joly.

– Sans toi j'étais mort ! répond Courfeyrac.

– Et moi aussi ! » ajoute Gavroche.

Marius demande : « Où est le chef ?

– C'est toi », dit Enjolras.

Plus un bruit ne vient du côté de l'ennemi. Les insurgés jettent les tables hors de l'hôtel et les ajoutent à la barricade. On couche dans la salle les blessés et on les soigne... comme on peut.

À ce moment, Marius regarde Gavroche, le fils de Thénardier qui a sauvé son père et une idée lui vient : sauver le fils à son tour tout en disant un dernier adieu[1] à Cosette. Il prend son portefeuille, y cherche une feuille de papier et il écrit :

« *Notre mariage est impossible. J'ai demandé à mon grand-père, il a refusé. Je n'ai pas d'argent, toi non plus. J'ai couru chez toi. Je ne t'ai pas trouvée. On m'a dit que vous partiez demain pour l'Angleterre. Tu sais la*

---

1. Adieu : mot que l'on dit quand on quitte quelqu'un pour très longtemps ou pour toujours.

parole que je t'ai donnée[1]. *Je la tiens. Je meurs. Je t'aime.*
Quand tu liras ceci, mon âme[2] *sera près de toi et te*
sourira. »

---

1. Donner sa parole : promettre.
2. Âme : l'être humain est fait d'un corps et d'une âme. L'âme c'est l'esprit, la pensée, c'est ce qui reste de nous quand on meurt.

La lettre pliée, il reste un moment pensif, reprend son portefeuille, l'ouvre et écrit avec le même crayon ces quatre lignes sur un autre vieux papier :

« *Je m'appelle Marius Pontmercy. Porter mon corps chez mon grand-père, M. Gillenormand, rue des Filles-du-Calvaire, n° 6, au Marais.* »

Il remet le portefeuille dans la poche de son habit, puis il appelle Gavroche.

« Veux-tu faire quelque chose pour moi ?

– Tout, dit Gavroche. Sans vous, vrai, j'étais mort.

– Tu vois bien cette lettre ?

– Oui.

– Prends-la. Sors de la barricade tout de suite et demain matin tu la remettras à son adresse à mademoiselle Cosette, chez M. Fauchelevent, rue de l'Homme-Armé, n° 7.

– Mais, pendant ce temps-là, on prendra la barricade, et je n'y serai pas.

– La barricade ne sera attaquée qu'au lever du jour et ne sera pas prise avant midi.

– Eh bien, dit Gavroche, si j'allais porter votre lettre demain matin ?

– Il sera trop tard. Toutes les rues seront gardées et tu ne pourras pas sortir. Va tout de suite. »

Gavroche ne trouve rien à répondre. Il reste là, à se gratter l'oreille tristement. Tout à coup, avec un de ces mouvements d'oiseau qu'il a, il prend la lettre. « C'est bon », dit-il. Et il part en courant par la petite rue Mondétour. Il a eu une idée qu'il n'a pas dite. Cette idée, la voici : « Il est à peine minuit. La rue de l'Homme-Armé n'est pas loin. Je vais porter la lettre tout de suite, et je serai revenu à temps. »

L' ennemi des réverbères

Jean Valjean entend à peine le bruit de la bataille. Il ne pense qu'à Cosette qui est toute sa vie, qu'il sent prête à le quitter. Et il hait ce jeune homme qu'il a vu si souvent regarder Cosette, ce jeune misérable ! car a-t-on le droit, pense-t-il, de venir faire les yeux doux[1] à des filles qui ont à côté d'elles leur père qui les aime ?

Il ne peut pas rester chez lui, assis, tranquille. Il sort dans la rue. Il marche longtemps, le cœur déchiré, puis s'assoit à la porte de sa maison.

Tout à coup, Jean Valjean lève les yeux. On marche dans la rue. Il entend des pas près de lui. Il regarde et, à la lumière du réverbère, du côté de la rue des Archives, il aperçoit une figure jeune et heureuse.

Gavroche regarde en l'air, et paraît chercher.

Jean Valjean qui, un court moment avant, n'aurait parlé, ni même répondu à personne, se sent poussé[2] à adresser la parole à cet enfant.

« Petit, dit-il, qu'est-ce que tu as ?

– J'ai que j'ai faim », répond Gavroche. Et il ajoute : « Petit vous-même. »

Jean Valjean cherche dans sa poche et il en tire une pièce de cinq francs.

Mais Gavroche pense déjà à autre chose. Il a aperçu un réverbère et il ramasse une pierre.

---

1. Faire les yeux doux : regarder quelqu'un d'une façon douce pour lui montrer qu'on est amoureux de lui.
2. Se sentir poussé à (faire quelque chose) : sentir qu'on doit le faire.

© BN.

« Tiens, dit-il, vous avez encore vos lumières ici ?
Vous n'avez plus le droit, mes amis. C'est du désordre.
Cassez-moi ça. »

Et il jette la pierre dans le réverbère qui remue et
s'éteint. La rue devient noire. Puis il dit à Jean
Valjean : « Qu'est-ce que c'est que cette grosse maison là-bas ? Il faudrait mettre tout ça par terre. Ça
ferait une belle barricade. »

Jean Valjean s'est levé, s'est approché de Gavroche et il lui a donné la pièce de cinq francs. Gavroche la regarde, la trouve belle, puis la rend. « Je n'en veux pas, dit-il.

– As-tu une mère ? demande l'homme.

– Peut-être plus que vous.

– Eh bien, répond Jean Valjean, garde cet argent pour ta mère. » Gavroche se sent remué[1].

« Vrai, dit-il, ce n'est pas pour m'empêcher de casser les réverbères ?

– Casse tout ce que tu voudras.

– Vous êtes un brave homme », dit Gavroche.

Et il met la pièce de cinq francs dans une de ses poches. Il ajoute : « Vous êtes de la rue ?

– Oui, pourquoi ?

– Pourriez-vous me montrer le numéro 7 ?

– Pourquoi faire le numéro 7 ? »

Ici l'enfant s'arrête. Il a peur d'en avoir trop dit. Il met les ongles dans ses cheveux et répond simplement :

« Ah ! voilà. »

Une idée traverse l'esprit de Jean Valjean. Il dit à l'enfant :

« Est-ce que c'est toi qui m'apportes la lettre que j'attends ?

– Vous ? dit Gavroche. Vous n'êtes pas une femme.

– La lettre est pour mademoiselle Cosette, n'est-ce pas ?

– Cosette ?... Oui, je crois que c'est ce drôle de nom-là.

– Eh bien, répond Jean Valjean, c'est moi qui dois lui remettre la lettre. Donne.

---

1. Remué : ici, très ému.

– Alors, vous devez savoir que je suis envoyé de la barricade ?

– Sans doute[1] », dit Jean Valjean.

Gavroche met son poing dans une de ses poches et en tire un papier plié en quatre.

« C'est de la part[2] du gouvernement », dit-il. Puis il salue,

« Vous m'avez l'air d'un brave homme », répète-t-il. Il ajoute :

« Dépêchez-vous, monsieur Chose. Mademoiselle Cosette doit attendre. Moi je retourne à la barricade, rue de la Chanvrière, si vous voulez savoir. Bonsoir. »

Cela dit, Gavroche s'en va, ou, pour mieux dire, reprend son vol d'oiseau. Il disparaît comme une fumée dans la nuit, et Jean Valjean croirait qu'il a rêvé s'il ne tenait pas la lettre dans la main et s'il n'entendait pas peu après la vitre d'un réverbère s'écraser sur le pavé*.

C'est Gavroche qui passe rue du Chaume.

Jean Valjean monte chez lui et lit : « ... *Je meurs. Quand tu liras ceci, mon âme sera près de toi et te sourira.* »

L'homme qui veut lui prendre Cosette, l'homme qu'il hait, va mourir.

Il pousse une sorte de cri de joie. Il va se retrouver seul avec Cosette. Il n'a rien fait pour cela, mais cela est. Il n'y a qu'à laisser les choses se faire. Tout homme mêlé à cette révolution est perdu. Si Marius n'est pas mort encore, il est sûr qu'il va mourir. Quel bonheur !

---

1. Sans doute : oui, certainement.
2. C'est de la part de... : cela vient de...

Et pourtant, une heure après, Jean Valjean sort, en habit de garde national*. Il porte un fusil chargé et ses poches sont pleines de cartouches !

Cinq de moins, un de plus

Marius s'est assis. Il ne s'intéresse plus à rien. Il ne remarque même pas qu'Enjolras a donné l'ordre de réparer la barricade, que ses camarades y travaillent et qu'elle est en train de monter de près d'un mètre. Des morceaux de bois, des meubles, sont encore apportés.

Dans la cuisine de l'hôtel, on soigne les blessés, on ramasse la poudre tombée à terre et sur les tables, on continue à fondre des balles. On porte les morts et on en fait un tas dans la petite rue Mondétour. Le pavé a été longtemps rouge à cet endroit. Il y a parmi ces hommes quatre gardes nationaux. Enjolras fait mettre de côté leurs habits. Puis il conseille à tous deux heures de sommeil. Trois ou quatre seulement sur les quarante qui vivent encore s'endorment. Tous les blessés sont toujours décidés[1] à se battre.

Javert reste seul dans la salle basse, attaché.

Le jour commence à paraître. Enjolras sort et traverse la ruelle Mondétour.

Les insurgés sont pleins d'espoir. L'attaque qui va venir ne leur paraît pas plus dangereuse que celle de la nuit. Ils attendent et ils sourient. Ils ne doutent[2]

---

1. Être décidé : vouloir vraiment faire quelque chose.
2. Ne pas douter : être sûr.

pas d'être encore vainqueurs. Ils comptent[1], s'ils résistent assez longtemps, sur la révolte de tout Paris.

Mais Enjolras revient. Il dit : « Un tiers de l'armée de Paris est en face de notre barricade. De plus : la garde nationale. Vous serez attaqués dans une heure. Rien à attendre du peuple. Rien à espérer. Il a peur. »

Tous restent muets. Mais une voix crie : « Élevons la barricade à vingt pieds[2] de haut et restons-y tous. Montrons que si le peuple laisse aller les républicains à la mort, les républicains restent avec le peuple.

– Restons ici tous, répondent encore quarante révoltés.

– La barricade est solide, dit Enjolras. Trente hommes sont assez. Pourquoi quarante ?

– Parce que pas un ne voudra s'en aller.

– Amis, crie Enjolras, la République n'est pas assez riche en hommes. Il ne faut pas faire tuer les meilleurs inutilement. Si pour quelques-uns le devoir[3] est de s'en aller, ce devoir-là doit être rempli comme un autre. »

Puis il touche l'épaule de Combeferre et les deux hommes entrent dans la salle basse du *Corinthe*. Ils ressortent un moment après. Enjolras tient les quatre vestes et les pantalons des gardes municipaux* tués : « En voilà toujours pour quatre », dit-il ; et il jette les habits sur le sol.

« Les hommes mariés et les pères, sortez des rangs ! dit Marius.

– C'est un ordre ! crie Enjolras.

---

1. Compter sur : espérer en étant presque sûr que ça se fera.
2. Un pied : ancienne mesure anglaise utilisée à l'époque en France.
1 pied = 30,48 centimètres.
3. Remplir son devoir : faire ce qu'on doit faire, ce qu'on est moralement obligé de faire.

– C'est vrai, dit un jeune homme à un homme fait. Tu es père de famille. Va-t'en.

– C'est plutôt toi, répond l'homme, tu as deux petites sœurs et ton père est mort. »

C'est à qui ne se laissera pas renvoyer à la vie.

Au bout de quelques minutes, cinq sortent des rangs... Il n'y a que quatre habits.

« Eh bien, reprennent les cinq, il faut qu'un reste. »

C'est à qui restera, et à qui trouvera aux autres des raisons de ne pas rester.

Tout à coup, un cinquième habit tombe sur les quatre autres. Marius lève les yeux et reconnaît Jean Valjean. Son habit de garde national lui a permis de passer facilement. Arrivé sans être vu, il a tout entendu. Il a enlevé ses habits et sans bruit il les a jetés sur le tas de vêtements.

« Quel est cet homme ? demande Joly.

– C'est, répond Combeferre, un homme qui en sauve d'autres. »

Marius ajoute d'une voix profonde :

« Je le connais.

– Vous savez qu'on va mourir », dit Enjolras.

Jean Valjean, sans répondre, aide l'insurgé qu'il sauve à mettre ses habits.

Premier boulet*

Comment Jean Valjean est-il là ? Pourquoi y est-il ? Qu'y vient-il faire ? Marius ne s'adresse pas toutes ces questions. Il lui semble naturel que tout le monde vienne mourir.

Seulement il pense à Cosette et son cœur se serre[1].

Jean Valjean ne lui parle pas, ne le regarde pas, n'a pas l'air d'entendre quand Marius élève la voix pour dire : « Je le connais. » Marius en est heureux. Il n'a jamais pensé oser parler à cet homme silencieux.

Lui, s'est arrêté devant la porte de la cuisine. Il regarde Javert attaché à sa table et qui le reconnaît...

La lumière monte rapidement. Mais pas une fenêtre, pas une porte ne s'ouvrent. C'est le jour, non le réveil.

De la rue en face on ne voit rien ; mais on entend une sorte de mouvement au loin. L'attaque se prépare. La barricade monte encore. Les insurgés apportent de nouvelles pierres.

Le silence est si profond[2] du côté d'où l'attaque doit venir qu'Enjolras fait prendre à chacun son poste de combat*. Tous se taisent. On arme les fusils. Tous les regards sont tendus vers le bout de la rue.

L'attente n'est pas longue. Une pièce de canon paraît. Des hommes se préparent à tirer. « Feu ! » crie Enjolras.

---

1. Son cœur se serre : expression qui veut dire : il est très triste.
2. Un silence profond : un grand silence.

Toute la barricade fait feu. Une fumée épaisse couvre la pièce et les hommes qui la servaient. Peu à peu, le canon et les hommes reparaissent. Les servants la roulent en face de la barricade lentement sans se presser. Puis le chef de la pièce se prépare à tirer.

« Rechargez les armes », dit Enjolras.

La barricade va-t-elle tenir ? pense-t-il.

Le coup part entre les murs avec un bruit terrible.

En même temps que le boulet frappe la barricade, Gavroche saute au milieu de ses amis. Il arrivait par la rue Mondétour.

Le boulet, lui, s'est perdu dans la barricade. Il a tout au plus cassé une roue du fiacre et traversé la vieille voiture. En voyant cela, les insurgés se mettent à rire.

« Continuez », crie Bossuet.

Les obus

On entoure Gavroche. Mais Marius ne lui laisse pas le temps de parler et le fait entrer dans l'hôtel.

« Qu'est-ce que tu viens faire ici ? lui demande-t-il.

– Tiens ! dit l'enfant. Et vous ? »

Et il regarde Marius droit dans les yeux.

« Qui est-ce qui t'a dit de revenir ? As-tu au moins remis ma lettre à son adresse ? »

Gavroche n'est pas très content de lui. Cette lettre il ne l'a pas vraiment remise. Alors il ment.

« J'ai donné la lettre au portier, dit-il. La dame dormait. Elle aura la lettre en se réveillant. »

Marius montre Jean Valjean à Gavroche.

« Connais-tu cet homme ? dit-il.

– Non », répond Gavroche.

Et c'est vrai. Gavroche n'a vu Jean Valjean que la nuit.

« Il est peut-être républicain, pense Marius. Et, s'il l'est, c'est tout naturel qu'il soit là. »

Cependant Gavroche est déjà à l'autre bout de la barricade, criant : « Mon fusil ! » Courfeyrac le lui fait rendre.

Gavroche prévient les « camarades », comme il les appelle, qu'il a eu beaucoup de peine à revenir. L'armée occupe[1] le côté de la rue du Cygne. La garde nationale tient celui de la rue des Prêcheurs...

En face, des soldats construisent avec les pavés un petit mur bas. Puis les servants de la pièce se préparent à tirer avec des obus au lieu de boulets.

« Baissez la tête ! Tous contre le mur ! crie Enjolras, et à genoux près de la barricade ! »

Trop tard, le coup est parti et on relève deux morts et trois blessés.

« Empêchons le second coup, dit Enjolras. Il faut tuer le chef de pièce. »

Il tire et l'homme tombe. C'est quelques minutes gagnées...

« Écoutez, crie Enjolras. Il me semble que Paris s'éveille. »

C'est vrai. Dans la matinée[2] du 6 juin la révolte gagne quelques nouveaux quartiers. Rue du Poirier

---

1. Occuper : y être et y rester par la force.
2. La matinée : le début de la journée, jusqu'à midi.

et rue des Gravilliers, des barricades sont commencées. À l'entrée de la rue Bertin-Poirée, des coups de feu sont tirés contre les cuirassiers qui passent. Rue Planche-Mibray, on jette du haut des toits des bouteilles cassées. Hélas ! L'espoir meurt aussi vite qu'il est venu. Au bout d'une heure, il ne reste plus debout dans Paris que trois ou quatre barricades. Le soleil monte. Un insurgé dit :

« On a faim ici. Est-ce que vraiment nous allons mourir comme ça, sans manger ?

– Oui, répond Enjolras entre deux obus.

– Tiens ! du nouveau », remarque Courfeyrac.

Un deuxième canon est amené en face d'eux et quelques minutes après, les deux pièces rapidement servies tirent ensemble. Une des pièces tire des boulets, l'autre des obus. Les boulets font tomber les pierres de la barricade. Les obus blessent ou tuent les révolutionnaires. Bientôt les soldats vont s'élancer

« Feu ! » crie Enjolras. Une épaisse fumée remplit la rue. Et au bout de quelques minutes, on peut voir sous les canons les deux tiers des hommes qui les servaient. Ceux qui sont restés debout continuent à tirer avec tranquillité ; mais le feu est plus lent.

« Voilà qui va bien », dit Bossuet à Enjolras.

Enjolras répond : « Encore un quart d'heure de ce tir, et il n'y aura plus dix cartouches dans la barricade. »

Gavroche dehors

Courfeyrac tout à coup aperçoit quelqu'un au bas de la barricade, dehors, dans la rue, sous les balles.

Gavroche a pris un panier dans l'hôtel, est sorti et il est tranquillement occupé à vider dans son panier les sacs pleins de cartouches des gardes tués devant la barricade.

« Qu'est-ce que tu fais là ? » dit Courfeyrac.

Gavroche lève le nez :

« Je remplis mon panier.

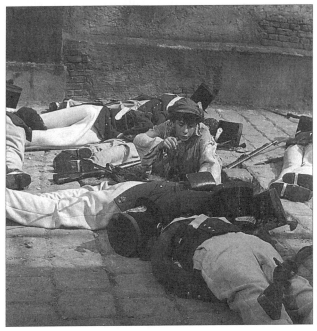

– Tu ne vois donc pas qu'on tire ? »

Gavroche répond :

« Eh bien, il pleut. Et après ? »

Courfeyrac crie :

« Rentre ! »

– Tout à l'heure », fait Gavroche et il saute plus loin.

Une vingtaine de morts étaient couchés çà et là sur le pavé. Une vingtaine de sacs pour Gavroche. Une provision[1] de cartouches pour la barricade.

La fumée est dans la rue comme un brouillard. Qui n'a pas vu un nuage tomber dans une vallée entre deux hautes montagnes ne peut comprendre ; il monte lentement, retombe, et remonte de nouveau. C'est à peine si, au début, d'un bout à l'autre de la rue, courte cependant, les combattants s'aperçoivent.

Tout petit, Gavroche peut aller assez loin sans être vu. Il vide sept à huit sacs.

Il avance sur le ventre, à quatre pattes[2], prend son panier avec les dents, se tourne, retourne et serpente[3] d'un mort à l'autre.

De la barricade – il en est encore assez près – on n'ose plus lui crier de revenir, par peur d'attirer l'attention[4] sur lui.

Sur un mort il trouve une poire à poudre* :

« Pour la soif* », dit-il en la mettant dans sa poche.

Il continue et il arrive à l'endroit où le brouillard de la fusillade* s'est levé. Une balle frappe un mort devant lui.

« Eh ! fait Gavroche. Voilà qu'on me tue mes morts ! »

---

1. Une provision : une grande quantité, pour en avoir à l'avance et pouvoir s'en servir pendant longtemps.
2. À quatre pattes : sur les mains et les pieds, comme un bébé.
3. Serpenter : avancer comme un serpent, tout près du sol.
4. Attirer l'attention : être remarqué, être vu.

Une deuxième balle s'écrase à côté de lui. Une troisième fait tomber son panier.

Gavroche regarde et voit que les coups viennent de loin.

Il se lève et, tout droit, debout, les cheveux au vent, les mains à la ceinture, le regard tendu vers les gardes qui tirent, il chante :

> *On est laid à Nanterre,*
> *C'est la faute à Voltaire[1] ;*
> *Et bête à Palaiseau,*
> *C'est la faute à Rousseau[1].*

---

1. Voltaire (1694-1778), Rousseau (1712-1778), grands écrivains français. Par leurs écrits, ils ont préparé la Révolution.

Puis il ramasse son panier, y remet, sans en perdre une seule, les cartouches qui en étaient tombées, et, avançant vers la fusillade, va se servir de cartouches sur un autre mort. Là, une quatrième balle le manque encore. Gavroche chante :

> *Je ne suis pas notaire[1],*
> *C'est la faute à Voltaire ;*
> *Je suis petit oiseau,*
> *C'est la faute à Rousseau.*

Une cinquième balle ne réussit qu'à lui tirer encore un peu de sa chanson.

> *Joie est mon caractère[2],*
> *C'est la faute à Voltaire ;*
> *Misère est mon trousseau[3],*
> *C'est la faute à Rousseau.*

Gavroche, fusillé, joue avec la fusillade. Il a l'air de s'amuser beaucoup. On le tire sans arrêt. On le manque toujours. Les gardes et les soldats rient. Il se couche, puis se lève, s'efface[4] dans un coin de porte, saute, disparaît, reparaît, se sauve, revient, répond aux balles par des sourires, et cependant tourne, retourne les morts et remplit son panier.

Les insurgés le suivent des yeux. Ils respirent avec peine. La barricade tremble. Lui, il chante. Les balles courent après lui. Il est plus adroit qu'elles. Il joue on ne sait quel jeu terrible avec la mort.

---

1. Un notaire : personne dont le métier est de rédiger des actes officiels (mariages, héritages, ventes) pour leur donner un caractère officiel. D'habitude un notaire gagne beaucoup d'argent.
2. Le caractère : ici, manière d'être.
3. Le trousseau : linge et vêtements qu'on donne à une jeune fille qui va se marier. C'est une image pour dire que Gavroche n'a reçu de la vie que de la misère.
4. S'effacer : ici, se cacher.

Une balle cependant finit par le toucher. On voit
Gavroche pencher, puis tomber. Toute la barricade
pousse un cri. Mais pour l'enfant, aller au pavé, c'est
prendre une nouvelle force. Il n'est touché que pour
se relever. Il s'assoit. Du sang coule de sa joue. Il élève
les deux bras en l'air, regarde du côté d'où est venu
le coup et se remet à chanter :

> *Je suis tombé par terre,*
> *C'est la faute à Voltaire ;*
> *Le nez dans le ruisseau[1],*
> *C'est la faute à...*

Il ne finit pas. Une deuxième balle l'arrête. Cette
fois, il tombe le visage sur le pavé et ne remue pas.

---

1. Ruisseau : toute petite rivière ; ici, il s'agit du caniveau.

Marius s'élance hors de la barricade. Combeferre le suit. Combeferre rapporte le panier de cartouches. Marius rapporte l'enfant.

Quand Marius rentre avec Gavroche dans les bras, il a, comme l'enfant, le visage couvert de sang. Quand il s'est baissé pour ramasser Gavroche, une balle lui a touché la tête. Il ne s'en est pas aperçu.

Courfeyrac enlève sa cravate et la passe autour du front de Marius. Combeferre donne à chacun les cartouches du panier qu'il a rapporté. Tous ont maintenant quinze coups encore à tirer.

Jean Valjean est toujours à la même place. Il n'a pas remué d'un bras. Quand Combeferre lui présente ses quinze cartouches, il dit : « Non. »

« Voilà un homme curieux, dit Combeferre. Il trouve moyen de ne pas se battre dans cette barricade. »

On panse[1] les blessés. Bossuet et Feuilly font des cartouches avec la poire à poudre trouvée par Gavroche. Courfeyrac pose devant lui deux fusils et trois pistolets. Jean Valjean, muet, regarde le mur en face de lui. Quelques combattants, ayant trouvé de vieux morceaux de pain dans un tiroir, essaient de les manger.

Marius se demande ce que le colonel-baron de Pontmercy va bientôt lui dire.

---

1. Panser : mettre du tissu sur les blessures pour que le sang ne coule plus.

Dernière bataille

Tout à coup, entre deux coups de canon, on entend un bruit clair. « C'est midi », dit Combeferre.

Les douze coups ne sont pas sonnés qu'on voit arriver au loin de nouveaux soldats, habillés comme des ouvriers, appelés sans doute pour détruire la barricade.

« Montez des pavés dans la maison, crie Enjolras. La moitié des hommes aux fusils, l'autre moitié aux pavés. »

En moins de deux minutes, les pavés sont portés et posés. Seuls les canons de fusils passent à travers le mur, prêts à tirer de haut en bas.

Enjolras dit alors à Marius : « Nous sommes les deux chefs. Je vais donner les derniers ordres au-dedans. Toi, reste dehors et regarde. »

Dans la salle du *Corinthe*, il dit à ses hommes : « Nous sommes vingt-six combattants debout. Combien y a-t-il de fusils ?

– Trente-quatre.

– Huit de trop. Tenez ces huit fusils chargés comme les autres. Aux ceintures : les sabres et les pistolets. Vingt hommes à la barricade. Six aux fenêtres pour faire feu sur les soldats qui avanceront. »

Maintenant il se tourne vers Javert et il lui dit :

« Je ne t'oublie pas. »

Et posant sur la table un pistolet, il ajoute :

« Le dernier qui sortira d'ici cassera la tête à ce policier.

– Ici ? demande une voix.

– Non, ne mêlons pas ce corps aux nôtres. On en finira avec lui rue Mondétour. »

Javert ne remue pas un doigt. Mais Jean Valjean s'avance. Il dit à Enjolras :

« Vous êtes le commandant* ?

– Oui.

– Vous m'avez remercié tout à l'heure. Je demande quelque chose à mon tour.

– Quoi ?

– Tuer moi-même cet homme. »

Javert lève la tête, voit Jean Valjean, fait enfin un léger mouvement et dit :

« C'est juste. »

Enjolras recharge sa carabine, promène les yeux autour de lui.

« Tout le monde est d'accord ? » demande-t-il, et comme personne ne dit mot, il ajoute :

« D'accord. »

Jean Valjean s'assoit sur la table à côté de Javert, un pistolet à la main.

À ce moment, on crie sur la barricade :

« Les voilà !

– Tous dehors ! » crie Enjolras.

Ils sortent le plus vite qu'ils peuvent pendant que Javert leur crie dans leur dos :

« À tout à l'heure ! »

Jean Valjean emmène Javert

Quand Jean Valjean se trouve seul avec Javert, il défait la corde qui tenait le prisonnier à la table par le milieu du corps. Après quoi, il lui fait signe[1] de se lever. Javert obéit.

Jean Valjean prend Javert par le dos et sort du cabaret lentement en poussant son prisonnier qui ne peut faire de grands pas. Jean Valjean a son pistolet au poing. Marius le voit passer et sortir rue Mondétour.

Quand Jean Valjean a fait quelques pas, il met le pistolet sous le bras, tire un couteau d'une poche, l'ouvre et... coupe les cordes que Javert avait au cou et aux pieds ; puis il le regarde et lui dit : « Vous êtes libre. »

Javert n'est pas facile à étonner. D'habitude il est maître de lui[2], mais là, il ne sait pas quoi dire et reste sans mouvement. Jean Valjean reprend : « Je ne crois pas que je sorte vivant d'ici. Pourtant, si j'en sortais, j'habite, sous le nom de Fauchelevent, rue de l'Homme-Armé, numéro sept. »

Javert répète :

« Tu as dit Fauchelevent, rue de l'Homme-Armé ?

– Numéro sept. »

Javert reprend encore à mi-voix[3] : « Numéro sept. » Puis il remet sa cravate à sa place, reboutonne sa veste, fait demi-tour[4] et se met à marcher.

---

1. Faire signe : faire un geste qui veut dire quelque chose.
2. Il est maître de lui : il arrive à cacher ses sentiments, même s'ils sont très forts.
3. À mi-voix : à voix basse.
4. Faire demi-tour : retourner d'où l'on vient.

Jean Valjean le suit des yeux. Puis, quand l'homme a disparu, il tire un coup de pistolet en l'air, rentre dans la barricade et dit : « C'est fait. »

Les héros

Tout à coup, les soldats et les gardes attaquent en rangs serrés, au pas de course, baïonnette en avant. Ils arrivent de plusieurs rues, nombreux.

La barricade se défend avec ses dernières cartouches. Marius combat sans même essayer de se cacher.

Les soldats marchent sur les morts et les blessés, tombent, se relèvent et peu à peu, pas à pas, mais sûrement, avancent.

Alors les insurgés, ces hommes qui n'ont pas mangé depuis vingt-quatre heures, qui n'ont pas dormi, qui n'ont plus que quelques coups à tirer, qui sentent sous leurs doigts leurs poches vides de cartouches, presque tous blessés, la tête ou le bras entourés de chiffons sanglants, ayant dans leurs habits des trous d'où le sang coule, à peine armés de mauvais fusils ou de vieux sabres, se montrent des héros.

On se bat corps à corps, pied à pied, à coups de pistolet, à coups de sabre, à coups de poing, de loin, de près, d'en haut, d'en bas, de partout, des toits de la maison, des fenêtres du cabaret, des caves. Ils sont un contre soixante. Feuilly est tué. Courfeyrac est tué. Joly est tué. Combeferre reçoit trois coups de baïonnette dans la poitrine et n'a que le temps de regarder le ciel une dernière fois. Marius est traversé de vingt blessures. Son visage disparaît sous le sang.

Enjolras seul n'est pas touché, il tire et change d'armes sans repos. Mais le centre de la barricade plie. Sous les coups de canon, les pavés du haut sont tombés. Les soldats montent et sautent.

Alors le sombre amour de la vie se réveille chez quelques insurgés. Devant cette forêt de baïonnettes et de fusils, plusieurs ne veulent pas mourir. Une porte ouverte un moment et c'est la vie, la liberté. Ils se mettent à frapper portes et fenêtres à coups de poing, à coups de pied, appelant, criant, priant. Personne n'ouvre.

Mais Enjolras et Marius faisant face à cinq cents hommes, crient : « Par ici. Il n'y a qu'une porte ouverte. »

Derrière eux, la porte est fermée avec une telle force que les cinq doigts d'un soldat y restent pris.

Marius est resté dehors. Un coup de feu vient de lui casser le bras. Un nuage noir passe devant ses yeux. Il tombe. En ce moment, les yeux déjà fermés, il sent une forte main qui le prend et il a encore le temps de penser : « Je suis fait prisonnier. Je serai fusillé. »

Puis tout s'efface pour lui. Pendant que dans le cabaret les insurgés tombent un à un.

*P*risonnier

Marius est prisonnier. Prisonnier de Jean Valjean.

L'homme ne s'était pas battu. Il avait porté les blessés dans la salle basse pour les soigner. Il n'avait fait qu'aider et les balles n'avaient pas voulu de lui.

Jean Valjean avait semblé pendant le combat ne pas s'occuper de Marius ; mais il ne l'avait pas quitté des yeux[1]. Quand un coup de feu a jeté le jeune homme à terre, il a couru à lui et l'a pris dans ses bras.

La bataille est à ce moment si violente devant la porte du cabaret que Jean Valjean traverse la rue sans qu'on fasse attention à lui. Il tourne le coin et là, pen-

---

1. Il ne l'a pas quitté des yeux : il l'a regardé tout le temps.

dant un moment, se trouve caché à tout regard. Mais aller plus loin c'est la mort.

Il regarde en tous sens et ne voit pas de sortie possible. Il se désespère, quand il aperçoit, à quelques pas de lui, une porte d'entrée de cave qui a été cassée et agrandie pendant la bataille.

Jean Valjean s'élance, pousse des pavés, écarte les barreaux[1] de fer d'une grille[2], charge Marius sur ses épaules comme un mort, entre dans une sorte de puits[3] heureusement peu profond, laisse retomber la grille derrière lui, descend et tombe sur les genoux et sur les bras. Il se trouve dans un long passage souterrain[4]. C'est à peine s'il entend au-dessus de lui la terrible et dernière bataille dans le *Corinthe*.

*D*ans les égouts[5] de Paris

C'est dans l'égout de Paris que se trouve Jean Valjean.

Le blessé ne remue pas et Jean Valjean ne sait pas si ce qu'il emporte dans cette fosse[6] est un vivant ou un mort.

Il se sent d'abord aveugle. Il ne voit plus rien. Il n'entend plus rien. Il sait que la terre est solide sous ses pieds, c'est tout.

---

1. Un barreau : un morceau de fer long et étroit.
2. Une grille : barreaux de fer mis côté à côte pour fermer une ouverture.
3. Un puits : un trou profond et assez étroit dans le sol où il y a de l'eau.
4. Souterrain : qui passe sous le sol.
5. Un égout : un passage sous terre où coulent les eaux sales des maisons.
6. Une fosse : un trou profond dans le sol.

Il étend un bras, puis l'autre, et touche le mur des deux côtés. Le couloir est étroit. Jean Valjean sent que le sol est mouillé. Il avance un pied.

Au bout d'un moment, il n'est plus tout à fait aveugle. Un peu de lumière tombe par la grille et son regard s'est habitué à cette cave : un mur est derrière lui, un couloir devant. Les soldats peuvent entrer aussi bien que lui. Il faut faire vite. Il n'y a pas une minute à perdre. Il ramasse Marius qu'il avait posé sur le sol et se met en marche.

Quand il a fait cinquante pas, il doit s'arrêter. Un nouveau couloir traverse l'ancien. Par où passer ? Tout droit ? À droite ? À gauche ?

Il remonte la pente et prend à droite.

Il marche aussi vite qu'il peut. Les deux bras de Marius sont passés autour de son cou et les pieds pendent derrière lui. Il tient les bras d'une main et suit le mur de l'autre. Il sent couler sur lui et entrer sous ses vêtements un ruisseau de sang. Mais il y a aussi contre son cou une respiration, donc de la vie.

Le couloir est maintenant moins étroit. Mais Jean Valjean est encore obligé de se serrer contre le mur pour ne pas avoir les pieds dans l'eau. Il avance avec peine.

Les égouts suivent plus ou moins les rues. Mais il y a alors dans Paris deux mille deux cents rues, longues de quarante-quatre kilomètres et Jean Valjean commence par se tromper. Il croit être sous la rue Saint-Denis et il est dans l'égout Montmartre d'où mille branches[1] partent dans tous les sens.

Il va, ne voyant rien, ne sachant rien, ne comptant que sur la chance. Par moments, la peur monte en

---

1. Des branches : ici, plusieurs routes qui partent du chemin principal et qui vont dans tous les sens.

lui. Comment sortira-t-il de là ? Trouvera-t-il une sortie à temps ? Ne tombera-t-il pas dans quelque puits ? Marius ne mourra-t-il pas dans ses bras, et lui ne mourra-t-il pas de faim ?

Tout d'un coup, l'eau du ruisseau qu'il sentait du bout du pied monte à la jambe. L'égout descend. Pourquoi ? Allait-il arriver à la Seine[1] en plein jour pour se faire arrêter ? À chaque fois qu'il rencontre un croisement[2], il étend les bras. Il mesure la largeur de cette nouvelle rue souterraine et il choisit la plus large.

À un certain moment, il réalise qu'il a quitté le Paris silencieux, celui de la révolte, et qu'il rentre sous le Paris vivant, celui où des voitures roulent.

Il marche depuis une demi-heure et il n'a pas pensé encore à se reposer, quand tout à coup il voit son ombre dans une lumière rouge. Il se retourne. Derrière lui, dans une partie du nouveau couloir qu'il vient de prendre, très loin lui semble-t-il, il aperçoit huit ou dix formes noires, droites, terribles.

---

1. La Seine : le fleuve qui traverse Paris.
2. Un croisement : l'endroit où deux routes se rencontrent, se croisent.

*L*a marche souterraine

Dans la nuit de 6 juin, la police à reçu ordre d'empêcher les insurgés de fuir par les égouts et trois groupes d'agents y sont descendus armés de carabines et de casse-tête*. C'est le premier groupe que Jean Valjean voit arriver sur lui. Il vient d'un égout que Jean Valjean a rencontré sur son chemin, mais qu'il a cru plus étroit que celui qu'il suivait. Les policiers ont entendu des pas et regardent dans le brouillard du côté d'où ces pas paraissaient venir.

Pour Jean Valjean, c'est une minute terrible. Heureusement, s'il voit bien la lampe des policiers, ceux-ci ne le voient pas. Il s'est arrêté et il s'est couché contre le mur.

Les policiers écoutent et n'entendent rien. Ils regardent et ne voient rien. Ils pensent qu'ils se sont trompés, qu'il n'y a pas eu de bruit, qu'il n'y a là personne, qu'il est inutile d'aller plus loin, que ce serait du temps perdu et qu'il faut monter jusqu'aux égouts sous les rues Saint-Denis et Saint-Merry où on s'est battu. Ils s'éloignent et le bruit de leurs pas se perd dans la nuit.

Jean Valjean reprend sa marche. Elle est de plus en plus difficile. Les égouts sont de la hauteur d'un homme. Pour pouvoir porter Marius sur le dos sans le blesser, il doit marcher les genoux pliés et il doit entrer souvent dans l'eau grasse[1]. Il a soif et faim. Il commence à sentir la fatigue.

---

1. Grasse : ici, sale.

La respiration de Marius lui paraît faiblir. Il le tient de façon que la poitrine ne soit pas gênée. Il sent entre ses jambes des bêtes, des rats[1] sans doute, passer en courant.

Il peut être trois heures quand il arrive à un égout de deux mètres cinquante de large sur plus de deux de haut.

Il est d'abord étonné de pouvoir marcher sans toucher le mur de la tête. Mais la question se pose : descendre ou monter ? Il pense qu'il faut se dépêcher maintenant et gagner[2] la Seine, donc descendre et il tourne à gauche.

Il est très fatigué, et, à un endroit éclairé, il s'arrête. Avec des mouvements de frère pour un blessé, il pose Marius sur le sol sec. Le jeune homme a les yeux fermés, les cheveux collés par le sang, les mains pendantes et comme mortes. La chemise entre dans les blessures que le drap de l'habit vient frotter. Jean Valjean, passe sa main sous la chemise et cherche le cœur, il bat encore. Alors le vieil homme déchire sa chemise et panse les blessures. Puis dans ce demi-jour il se penche sur Marius toujours sans connaissance[3] qui respire à peine et il le regarde avec haine.

---

1. Un rat : un animal gris de la taille d'un petit chat. Il est laid, vit dans les endroits sombres et sales et peut donner à l'homme des maladies très graves.
2. Gagner (un endroit) : aller vers cet endroit.
3. Être sans connaissance : être sans mouvement, ne rien entendre, ne rien sentir, ne rien voir, être comme mort.

La fosse

Dans les poches de Marius, Jean Valjean trouve un portefeuille. Il l'ouvre et lit les quatre lignes suivantes :

« *Je m'appelle Marius Pontmercy. Porter mon corps chez mon grand-père, M. Gillenormand, rue des Filles-du-Calvaire, n° 6, au Marais.* »

Jean Valjean répète cette adresse, puis il remet le portefeuille dans la poche de Marius... La force lui est revenue. Il reprend sur son dos Marius, place sur son épaule droite la tête du jeune homme et se remet à descendre l'égout.

Au-dessus de lui, le roulement des voitures fait trembler les murs ; mais il ne sait pas sous quel quartier de la ville il passe...

Tout à coup, il sent qu'il entre dans l'eau. Il n'a plus de pierres sous les pieds, mais quelque chose de mou, de gras. Le fond de l'égout est entré dans le sol sur une certaine longueur. Jean Valjean comprend que s'il continue il va peut-être mourir noyé dans l'eau sale.

Mais que faire ? Revenir sur ses pas ? Pour aller où ? Attendre ? pour mourir de fatigue ou de faim...

Jean Valjean avance. La boue monte le long de ses jambes et bientôt jusqu'aux genoux.

Il continue. Il tient Marius à bout de bras[1].

La boue arrive à sa ceinture, l'eau à sa poitrine. Il ne peut déjà plus reculer. Le poids des deux hommes est trop grand. Un seul passerait, pas deux.

---

1. À bout de bras : avec la seule force de ses bras.

Jean Valjean avance cependant, tenant toujours ce mourant, qui est mort peut-être.

La boue monte encore, le vieil homme sent qu'il va être arrêté. Il rejette la tête en arrière pour pouvoir respirer. Il fait un effort désespéré[1], et lance une dernière fois peut-être un pied en avant.

Il rencontre quelque chose de dur. Encore un pas. C'est bien cela : le pavé de l'égout réapparaît. Il remonte. Il est sauvé.

Mais, en sortant de l'eau, son pied touche une pierre. Il tombe sur les genoux. Il y reste quelque temps.

Il se relève, couvert de boue du cou aux pieds, glacé[2] sous ce mourant qu'il continue à vouloir porter.

---

1. Un effort désespéré : le dernier effort qu'il puisse faire.
2. Être glacé : avoir très froid.

Une grille fermée

S'il n'a pas laissé sa vie[1] dans l'eau grasse, Jean Valjean semble y avoir laissé sa force. Il est si fatigué maintenant qu'il doit s'arrêter tous les trois ou quatre pas et s'appuyer au mur.

Il ferme les yeux, marche désespérément, fait ainsi une centaine de pas, presque sans respirer et tout à coup il arrive à un mur. Il lève les yeux et au bout du souterrain, là-bas devant lui, très loin, il aperçoit une lumière.

Cette fois, ce n'est pas la lumière terrible d'une lampe portée par des policiers, c'est une lumière blanche. C'est le jour. Jean Valjean ne sent plus la fatigue. Il ne sent plus le poids de Marius. Il retrouve sa force. Il court plus qu'il ne marche. La lumière grandit. C'est une fenêtre sur le monde des vivants. Hélas ! c'est une grille. Elle est fermée et il n'y a pas de clef.

Derrière : le grand air, le fleuve, le jour, les quais. À droite, le point d'Iéna et, à gauche, le pont des Invalides. L'endroit serait bon pour attendre la nuit.

Il peut être huit heures et demie du soir. Le jour baisse. Jean Valjean couche Marius sur le sol, puis marche vers la grille. Il prend les barreaux les uns après les autres dans ses mains et tire de toutes ses forces. Ils ne remuent même pas. Aucun moyen d'ouvrir la porte.

---

1. Laisser sa vie : mourir.

Faut-il donc finir là ? Que faire ? Que devenir ? Revenir en arrière par ce terrible chemin ? Il n'en a pas la force. C'est fini. Tout ce qu'a fait Jean Valjean est inutile. Dieu est contre lui.

Il tourne le dos à la porte et tombe sur le pavé, près de Marius toujours sans mouvement, et sa tête penche vers ses genoux.

Mais tout à coup une main se pose sur son épaule, et une voix qui parle bas lui dit : « Part à deux. »

Un homme est devant lui.

Cet homme tient ses souliers dans la main gauche.

Jean Valjean le reconnaît tout de suite : c'est Thénardier.

Il y a un moment d'attente... Thénardier élève la main droite à la hauteur des yeux. Il essaie de mieux voir l'homme dans l'ombre en face de lui : il ne le reconnaît pas et dit :

« Comment vas-tu faire pour sortir ? »

Jean Valjean ne répond pas.

Thénardier continue :

« Il faut pourtant que tu t'en ailles d'ici.

– C'est vrai, dit Jean Valjean .

– Eh bien, part à deux.

– Que veux-tu dire ?

– Tu as tué l'homme. C'est bien. Moi, j'ai la clef. »

Thénardier montre du doigt Marius et reprend :

« Je ne te connais pas, mais je peux t'aider. Tu dois être un ami... »

Jean Valjean commence à comprendre.

« Écoute, camarade. Tu n'as pas tué cet homme sans regarder dans ses poches. Donne-moi la moitié, j'ouvre la porte. » Et il tire à demi une grosse clef de sous sa blouse.

« Ah ! çà, camarade, reprend-il, comment as-tu fait pour sortir du souterrain ? Moi, je n'ai pas osé essayer d'y passer. Peuh ! tu ne sens pas bon !... Je te fais des questions et tu ne réponds rien... Mais ton silence ne change rien à rien : tu as un peu maltraité ce monsieur et maintenant tu voudrais le cacher quelque part. Ou plutôt il te faut la rivière : c'est plus sûr que l'égout... Partageons. Tu as vu ma clef. Montre-moi l'argent. »

Thénardier parle beaucoup mais toujours très bas. De temps en temps il met son doigt sur sa bouche et fait : « Chut ! » Jean Valjean se demande pourquoi, puis pense qu'il y a d'autres « bandits » cachés dans l'égout, pas trop loin et que Thénardier ne veut pas partager avec eux.

Sans demander l'avis de Jean Valjean qui veut avant tout continuer à tourner le dos au jour, Thénardier cherche dans les poches de Marius, puis dans celles de Jean Valjean lui-même. Il ne trouve que trente francs.

« C'est tout, dit-il. Tu l'as tué pour pas cher ! »

Puis, oubliant son mot « part à deux », il prend tout et il tire de nouveau la clef de sous sa blouse :

« Maintenant, l'ami, tu as payé. Tu peux sortir ! »

Chez M. Gillenormand

Quand Jean Valjean se trouve de nouveau dehors, il respire profondément le grand air de la nuit. Puis il pose Marius sur le bord de la rivière, prend de l'eau dans le creux de la main et lui en jette quelques gouttes au visage. Il se penche de nouveau vers Marius quand il sent quelqu'un derrière lui. Il se retourne.

Un homme grand, qui tient une arme dans la main droite, le regarde. Jean Valjean reconnaît Javert, Javert qui a obéi aux ordres reçus et qui s'est rendu[1] sur les quais. Il y a aperçu Thénardier, l'a suivi et l'a vu disparaître dans l'égout... Il attend qu'il sorte. Mais Thénardier a trouvé quelqu'un à lui envoyer pour l'occuper.

Javert ne reconnaît pas Jean Valjean, sale et le visage tiré par la fatigue. Il lui demande d'une voix sèche[2]:

« Qui êtes-vous ?

– Moi.

– Qui, vous ?

– Jean Valjean... Javert, ajoute-t-il, vous me tenez. Depuis ce matin, en vérité, je suis votre prisonnier. Je ne vous ai pas donné mon adresse pour chercher à me sauver. Arrêtez-moi. Seulement, permettez... j'ai encore une chose à faire. »

Javert semble ne pas entendre. Il regarde Jean Valjean avec son œil rond d'oiseau. Puis il se met bien

---

1. Se rendre (quelque part) : y aller.
2. Sèche : ici dure, peu aimable.

droit sur ses jambes, serre son arme dans sa main et pose cette question :

« Que faites-vous là ? et qu'est-ce que c'est que cet homme ?

– C'est de lui que je veux vous parler. Faites de moi ce qu'il vous plaira. Mais aidez-moi d'abord à le porter chez lui. Je ne vous demande que cela. »

Javert se tient plus droit encore. Puis il regarde l'homme à terre.

« Il était à la barricade, dit-il à mi-voix et comme se parlant à lui-même. C'est celui qu'on appelle Marius.

– C'est un blessé, répond Jean Valjean.

– C'est un mort, fait Javert.

– Non. Pas encore.

– Vous l'avez donc apporté de la barricade ici ?

– Vous voyez bien... Son adresse est au Marais, rue des Filles-du-Calvaire, numéro 6. »

Javert regarde le portefeuille de Marius.

Un moment après, Marius est chargé dans une voiture et porté chez son grand-père Gillenormand.

Puis Javert et Jean Valjean repartent.

« Laissez-moi faire encore une chose, dit Jean Valjean.

– Quoi ?

– Rentrer un moment chez moi. Ensuite vous ferez de moi ce que vous voudrez.

– C'est bon », dit Javert, après un silence.

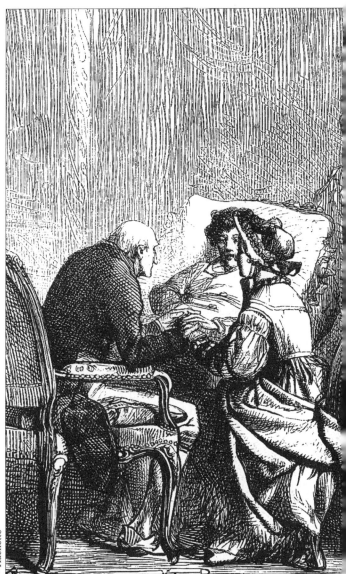

Fin

Javert laisse monter Jean Valjean. Arrivé dans sa chambre, celui-ci regarde par la fenêtre. Javert est reparti ! Jean Valjean ne devait plus jamais le revoir.

Chez M. Gillenormand, Marius est soigné comme l'enfant bien-aimé, et enfin retrouvé, qu'il est. Cosette vient le voir et le grand-père non seulement permet, mais encore facilite[1] le mariage.

Jean Valjean donne aux jeunes gens tout ce qu'il lui reste des six cent mille francs qu'il a gagnés du temps où il s'appelait M. Madeleine. Mais il ne dit rien à Marius de son passé.

Celui-ci croit que le vieil homme a tué Javert et ne sait pas qu'il l'a sauvé ! Il se demande d'où vient tout cet argent. Peu à peu il pousse Cosette à ne plus rencontrer aussi souvent le vieillard et celui-ci, blessé[2], reconnaît, sans s'expliquer, qu'il a passé dix-neuf ans en prison. Marius empêche alors sa femme de continuer à voir un ancien prisonnier.

Mais Thénardier a suivi Jean Valjean sur les quais et il l'a alors reconnu. Pour se faire donner de l'argent, il apprend à Marius toute la vérité. Marius court avec Cosette chez Jean Valjean, rue de l'Homme-Armé, pour demander pardon au vieillard et pour le prier de venir habiter chez eux.

Il est trop tard. Jean Valjean meurt dans leurs bras.

---

1. Faciliter : rendre les choses plus faciles.
2. Être blessé : être triste à cause des choses méchantes qu'on nous a dites.

La tombe de Jean Valjean

Mots et expressions

Guerres, révolution, combats

Attaquer : commencer la bataille contre l'ennemi.

Baïonnette, *f.* : arme, sorte de petite épée qu'on met au bout des fusils de guerre.

Balle, *f.* : objet de métal qu'on met dans les fusils ou dans les pistolets, et qu'on tire sur l'ennemi pour blesser ou tuer.

Barricade, *f.* : un genre de mur fait avec tout ce qu'on peut trouver autour de soi (voitures, meubles...) pour fermer une route, se protéger de ceux qui attaquent.

Bataille, *f.* : combat entre des armées ennemies.

Boulet, *m.* : une grosse boule de métal qu'on mettait autrefois dans les canons.

Brave, *m.* : quelqu'un de très courageux.

Canon, *m.* : une grande arme à feu qu'on utilise durant la guerre et qui sert à tirer des obus* ou des boulets*.

Canonnier, *m.* : dans l'armée, celui qui tire au canon.

Carabine, *f.* : un fusil léger.

Cartouche, *f.* : un morceau de métal ou de plastique creux qu'on remplit de poudre et qu'on met dans les fusils, les pistolets et les carabines.

Casse-tête, *m.* : c'est une arme. Gros bâton avec, au bout, des morceaux de fer.

Cavalier, *m.* : dans l'armée c'est un homme qui fait la guerre à cheval.

Champ de bataille, *m.* : l'endroit où se passe la bataille.

Charger une arme : y mettre une balle ou une cartouche si c'est un fusil ou un pistolet, un boulet ou un obus si c'est un canon.

Charger l'ennemi : (une charge) : l'attaquer tout d'un coup.

Colonel, *m.* : grade important dans l'armée.

Commandant, *m.* : chef dans l'armée ou chef d'un groupe d'hommes qui se battent.

Cuirassier, *m.* : un soldat qui fait la guerre à cheval. Autrefois, il portait une cuirasse (un habit en fer couvrant la poitrine et le dos pour ne pas être blessé).

Décoration, *f.* : une récompense donnée à ceux qui montrent beaucoup de courage pendant les batailles.

Défaite, *f.* : la perte d'une bataille ou d'une guerre.

Drapeau rouge, *m.* : le rouge est la couleur de la révolution, c'est donc le drapeau de la révolution.

Écraser (son ennemi) : gagner complètement la bataille, être beaucoup plus fort que son ennemi.

Envahir (un pays) : entrer de force dans ce pays.

Faire face : résister*, faire front*.

Faire feu : commencer à tirer.

Faire front : résister* à l'ennemi courageusement.

Fusil de chasse, *m.* : un fusil qui sert d'habitude à tuer les animaux sauvages.

Fusillade, *f.* : une bataille à coups de fusils, d'armes à feu.

Garde, *f.* : les hommes les plus courageux et les plus forts de l'armée de Napoléon. Durant les batailles ils l'entouraient toujours pour empêcher l'ennemi de s'approcher de lui.

Garde national (ou municipal), *m.* : personne qui aide l'armée à maintenir le calme dans les villes.

Grade, *m.* : titre (nom) qui indique l'importance des officiers* dans l'armée.

Général, *m.* : chef militaire ; une des personnes les plus importantes de l'armée.

Héros, *m.* : à la guerre, quelqu'un de très courageux, qui fait des choses extraordinaires.

Insurgés : ceux qui se révoltent, qui se battent pour changer le gouvernement on les

appelle aussi révoltés ou révolutionnaires.

Ligne, *f.* : dans le langage de l'armée, tous les soldats et les forces armées faisant face à l'ennemi.

Maréchal de France, *m.* : une des personnes les plus importante de l'armée française. Napoléon avait nommé certains de ses généraux*, maréchaux.

Obus, *m.* : une grosse boule de métal, souvent remplie de poudre*, qu'on met dans les canons* et qu'on tire sur l'ennemi.

Officier, *m.* : une personne qui commande dans l'armée (le plus important est le maréchal puis viennent le général, le colonel, le commandant, le capitaine, etc.)

Pavé, *m.* : les rues de Paris étaient autrefois recouvertes de pierres dures appelées pavé. Les révolutionnaires ont souvent utilisé les pavés comme arme contre les soldats ou pour faire des barricades.

Pistolet, *m.* : une petite arme à feu, genre de petit fusil.

Plier : commencer à se sentir le plus faible, à ne plus pouvoir répondre aux attaques ennemies et à perdre la bataille.

Poire à poudre, *f.* : un objet en forme de poire qui sert à ranger la poudre. Garder une **Poire pour la soif :** expression imagée qui signifie mettre quelque chose de côté parce qu'on sait qu'on en aura besoin plus tard. Il s'agit d'un jeu de mots.

Poste de combat, *m.* : l'endroit précis où chacun doit être pendant la bataille.

Poudre *f* : ça ressemble à du sable, c'est dangereux. On la met dans les cartouches et les obus pour les faire éclater, dans les canons pour lancer les obus et les boulets.

Se rendre : dire à l'ennemi que c'est lui le plus fort, qu'il a gagné, et arrêter de se battre.

Résister : ne pas fuir mais se défendre quand on est attaqué.

Révolte : soulèvement contre quelque chose.

Se révolter : utiliser la force, se battre contre l'autorité, contre le gouvernement pour le changer.

Révolution : il y a une révolution quand les gens du peuple se battent dans les rues pour faire partir ceux qui les dirigent.

Sabre, *m.* : une arme qu'on utilisait autrefois. C'est un genre de très grande épée.

Tenir tête : faire front*, résister*.

Troupe, *f.* : dans l'armée, un groupe de soldats qui se battent ensemble.

Tuerie, *f.* : quand beaucoup de gens sont tués par d'autres personnes on dit qu'il y a eu une tuerie.

Vaincre : gagner la guerre ou la bataille.

Vaincus : ceux qui ont perdu la bataille ou la guerre.

Vainqueur, *m.* : celui qui gagne la bataille ou la guerre.

Victoire, *f.* : quand on gagne une bataille ou une guerre (contraire de défaite).

Les victorieux : les vainqueurs, ceux qui ont gagné la bataille.

ACTIVITÉS

1. Retrouver le déroulement de la bataille de
Waterloo en mettant les phrases dans le bon ordre

○ **a.** Après une journée de dure bataille, les
Français très affaiblis doivent faire face
à deux ennemis.

○ **b.** Vers 16 heures, pour en finir avec les Anglais
Napoléon donne l'ordre à sa cavalerie
d'attaquer.

○ **c.** Mais la pluie retarde la bataille qui ne peut
commencer qu'à 11 heures.

○ **d.** Les armées anglaises et prussiennes sont
réunies à Waterloo pour affronter la grande
armée de Napoléon.

○ **e.** Hélas, un chemin creux arrête la course des
cavaliers et les fait tomber en grand nombre.

○ **f.** Tout est encore possible. Napoléon attend
le renfort du général Grouchy.

○ **g.** Napoléon réussit à les séparer et veut attaquer d'abord les Anglais.

○ **h.** Cependant les cavaliers survivants se battent
bien et les Anglais ont presque perdu.

○ **i.** Malgré le combat héroïque de la garde
impériale, c'est la défaite totale et la fin
de la grande armée.

○ **j.** La moitié d'entre eux meurent écrasés par
le galop des chevaux.

○ **k.** Malheureusement à 17 heures, c'est l'armée
prussienne qui se présente à l'horizon.

2. Qui sont-ils ? Retrouver la définition de chaque groupe politique

royalistes – révolutionnaires –
républicains – insurgés

a. Ils refusent que le pouvoir de chef d'État soit héréditaire. Ils veulent être gouvernés par des représentants du peuple.

b. Ils veulent un régime monarchique, c'est-à-dire dirigé par un roi au pouvoir absolu qui se transmet de père en fils.

c. Ils veulent des changements politiques rapides et complets.

d. Ils se révoltent contre l'ordre établi par une action violente de leur groupe.

3. Retrouver des noms célèbres de l'histoire de France

• Un des plus célèbres généraux de Napoléon, maréchal de France, il se bat comme un brave à Waterloo.

• Général de la garde impériale, il répond « merde » aux Anglais, qui lui demandent de se rendre, et se bat jusqu'à la mort.

• Ancien général des armées révolutionnaires, aimé du peuple, sa mort provoque une révolte populaire en 1832, sous le règne de Louis-Philippe.

4. Retrouver les personnages du roman

• C'est un jeune républicain, fils d'un officier de Napoléon. Il n'a jamais connu son père. Il aime Cosette.

• Héros de la grande armée, il a été nommé baron et colonel à Waterloo mais ne sera jamais reconnu comme tel. C'est le père de Marius.

• Vieil homme riche au caractère dur et intraitable. Il est royaliste et chassera son petit-fils qui devient républicain.

• Ancien aubergiste, il vit en volant les autres. Il se fait appeler aussi Jondrette.

• Enfant du peuple, libre et gai, il est le fils de Thénardier.

• Homme mystérieux, il se mêle aux hommes du peuple pendant la révolte mais c'est un policier.

• Jeune étudiant révolutionnaire, il prend, le 6 juin 1832, le commandement de la révolte.

5. Retrouver l'histoire de la famille de Marius en replaçant dans le texte les mots suivants

père (3 fois) – *mère* – *fils* – *fille* – *beau-père* – *grand-père* – *petit fils*

Marius n'a jamais connu son .... Celui-ci, héros de la grande armée était un homme honnête et brave mais son ...., M. Gillenormand, vieux royaliste n'a jamais accepté ce républicain. À la mort de sa ...., la .... de Marius, Gillenormand recueille son .... mais lui cache l'identité de son .... C'est seulement avant de mourir que Pontmercy écrit une lettre à son .... Marius découvre alors, trop tard, qui était son .... Il devient républicain et se révolte contre son .... Celui-ci le chasse de sa maison. Marius devient alors un étudiant pauvre.

6. Barrer parmi les adjectifs suivants celui qui ne convient pas pour décrire Gavroche

Gai, heureux, libre, moqueur, joueur, malin, méchant, bavard, menteur, voleur, adroit, agile, courageux.

7. Gavroche est « gai comme un oiseau ».
D'autres comparaisons sont souvent utilisées
en français pour décrire une personne.
Retrouver ces expressions en reliant
les parties correspondantes

Fort •   • comme un jour sans pain
Malin •   • comme la peste (maladie)
Bête •   • comme une pie
Bavard •   • comme une oie
Laid •   • comme un singe
Méchant •   • comme un bœuf
Serrés •   • comme une image
Beau •   • comme un pot
Sage •   • comme un pou
Long •   • comme des sardines
Sourd •   • comme le jour

8. Retrouver la définition des mots suivants

un tonneau – un carré – une baïonnette –
une barricade – un fiacre – un réverbère –
un égout – une insulte – un héros –
un bandit – un baron – un officier

• Construite avec des objets divers entassés dans la rue, elle sert à se protéger des attaquants.
• Arme pointue, fixée au canon du fusil.
• Grand récipient de bois, cylindrique et fermé, qui contient le plus souvent du vin.
• Lampe qui éclaire les rues.
• Voiture à cheval qui au XIXe siècle servait de « taxi ».
• Passage souterrain qui sert à recueillir les eaux sales de la ville pour les rejeter dans le fleuve.
• Les soldats se placent ainsi sur le champ de bataille pour mieux se défendre de tous côtés.

• Titre de noblesse, donné par la naissance ou en récompense d'un action remarquable accomplie pour le pays.

• Grade dans la carrière militaire. Une personne de ce grade peut se voir confier un commandement.

• Son courage et ses actes le rendent digne de l'admiration publique.

• Il ne respecte pas la loi et agit de façon malhonnête.

• Acte ou parole qui cherche à blesser, à abaisser la personne à qui on s'adresse.

9. **Mots cachés. Dans la grille suivante, trouver horizontalement, verticalement ou en oblique 20 noms d'objet (ou d'animal) utilisés sur les lieux de combat, champ de bataille ou barricades**

C	A	R	T	O	U	C	H	E	S	B
A	A	S	A	B	R	E	X	B	O	A
R	U	S	S	C	H	E	V	A	L	I
A	K	F	S	A	C	S	W	T	R	O
B	O	U	L	E	T	A	P	O	P	N
I	B	S	O	U	M	C	A	N	O	N
N	U	I	F	E	R	T	V	N	U	E
E	S	L	B	A	L	L	E	S	D	T
S	P	I	S	T	O	L	E	T	R	T
D	R	A	P	E	A	U	E	P	E	E
O	R	T	O	N	N	E	A	U	X	Z

10. Compléter les expressions suivantes avec les bonnes prépositions « à » ou « de » (ou « d' »)

Un cahier	....	écolier
Un bateau	....	pêche
Un bateau	....	vapeur
Un tissu	....	carreaux
Un tissu	....	laine
Un moulin	....	café
Une boîte	....	lettres
Une voiture	....	cheval
Une voiture	....	luxe
Une armoire	....	linge
Une maison	....	campagne
Une assiette	....	soupe
Un billet de banque	....	20 euros
Un billet de théâtre	....	20 euros
Un cigare	....	Cuba

11. Il est parfois possible de mettre « à » aussi bien que « de » mais les expressions prennent alors des sens différents. Trouver un exemple dans la liste précédente

12. Qui aime qui ? Trouver les personnages correspondants

• Il aimait son fils mais celui-ci ne le savait pas.

• Il aime Cosette mais il est fâché avec son grand-père.

• Il aime Marius mais se montre dur avec lui.

• Il aime Cosette mais il n'aime pas Marius.

• Et Cosette qui aime-t-elle ?

13. **Trouver la ou les bonne(s) réponse(s)**
aux questions

Dans quelles circonstances la révolte du 5 juin 1832
éclate-t-elle ?

a. Depuis quelque temps le peuple de Paris est
mécontent.

b. Une foule populaire suit l'enterrement du
général Lamarque, républicain aimé du peuple.

c. La police a interdit au peuple de Paris d'être
dans la rue.

d. Toute la foule porte des drapeaux rouges.

e. Un officier est tué par une balle.

f. Les gardes nationaux veulent repousser le
peuple par la force.

Un petit groupe de révoltés décident de construire
une barricade. Pourquoi ?

a. Ils ont envie de tout casser car ils sont en
colère.

b. Ils veulent rassembler les combattants.

c. Ils veulent se protéger jusqu'à ce qu'on vienne
les secourir.

d. Ils espèrent que d'autres vont les imiter et
provoquer ainsi une révolte générale.

Pour quelles raisons Marius se trouve-t-il sur la
barricade ?

a. Il ne sait ou aller parce que son grand-père a
refusé sa demande.

b. Il sait que Cosette va partir et il n'a plus rien à
perdre.

c. Il pense qu'une révolution commence.

d. Il veut être un héros comme son père.

e. Il veut aider ses amis républicains.

Pour quelles raisons Gavroche est-il sur la barricade ?

    a. Il connaît la plupart des insurgés qui sont ses amis depuis longtemps.

    b. Enfant du peuple, il se trouve bien à côté des révolutionnaires.

    c. Il n'aime ni la police, ni l'armée, ni l'autorité en général.

    d. Pour lui la guerre est un jeu et les armes sont des jouets.

    e. Il veut monter qu'il est aussi fort que les grandes personnes.

Pour quelle raison Javert se trouve-t-il près de la barricade ?

    a. Il veut aider les insurgés.

    b. Il recherche Jean Valjean.

    c. Il recherche Gavroche.

    d. Il espionne et observe les mouvements et l'identité des insurgés.

Pour quelle raison Jean Valjean est-il sur la barricade ?

    a. Il a l'âme révolutionnaire et croit que cette révolte va réussir.

    b. Il veut sauver Javert.

    c. Il veut savoir ce qui arrive à Marius.

    d. Il veut se venger de la police.

Jean Valjean choisit de libérer Javert, son ennemi de toujours, et de le sauver ainsi de la mort. Pourquoi à votre avis ?

    a. Jean Valjean respecte Javert qui fait son travail.

    b. Jean Valjean ne peut tuer un homme sans défense.

    c. Jean Valjean a appris à pardonner.

    d. Jean Valjean aime le risque et l'idée que Javert va continuer à le poursuivre.

Javert disparaît à la fin du roman et renonce à arrêter Jean Valjean. Pourquoi ?

    a. Javert a compris que Jean Valjean était un homme bon.

    b. Javert ne peut arrêter un homme qui lui a sauvé la vie.

    c. Javert ne croit plus à son « devoir » de policier.

    d. Jean Valjean ne l'intéresse plus parce qu'il est trop vieux.

14. Quel est le bon résumé ?

a. Jean Valjean tente désespérément de sauver Marius qu'il a appris à aimer. Il porte son corps inanimé pendant plus de huit heures, dans l'eau sale et l'obscurité, au prix d'un effort surhumain, sans jamais faiblir. Il trouve enfin une sortie vers le fleuve mais celle-ci est fermée par une grille. Heureusement, Thénardier qui les a suivis dans l'ombre possède une clé. Thénardier prend l'argent de Marius, mais aide Jean Valjean à sortir. Hélas Marius est mort. À eux deux ils ramènent le corps du jeune homme chez son grand-père.

b. Jean Valjean se fait un devoir de sauver Marius que pourtant il hait. Il porte son corps inanimé pendant plus de huit heures, dans l'eau sale et l'obscurité, au prix d'un effort surhumain, la peur au ventre. Il trouve enfin une sortie vers le fleuve mais celle-ci est fermée par une grille. Un homme se trouve là, c'est Thénardier. Contre de l'argent celui-ci propose la clé qui va pouvoir ouvrir la grille. En réalité Thénardier est poursuivi par Javert et espère que ce dernier arrêtera Jean Valjean à sa place.

15. Vrai ou faux ?

	Vrai	Faux
La révolte du 5 juin 1832 était préparée longtemps en avance.	☐	☐
Les insurgés cassent les réverbères pour montrer leur colère.	☐	☐
Au moment de cette révolte la France est gouvernée par Louis-Philippe.	☐	☐
Les combats de cette révolte de juin ont duré 48 heures.	☐	☐
C'est la première fois que Gavroche participe à une révolte armée.	☐	☐
Gavroche ne connaît pas la peur de mourir.	☐	☐
Marius est capable de se donner la mort pour sauver ses camarades.	☐	☐
Marius est sûr qu'il va mourir sur les barricades.	☐	☐
Jean Valjean hait Marius car il a peur de perdre Cosette.	☐	☐
Jean Valjean n'a jamais peur de rien.	☐	☐
Thénardier a suivi Jean Valjean dans les égouts pour le voler.	☐	☐
Marius ne sait pas que Jean Valjean lui a sauvé la vie.	☐	☐
Jean Valjean refuse de vivre avec Marius et Cosette.	☐	☐
Marius croit que Jean Valjean est un homme malhonnête.	☐	☐
Après avoir aidé tout le monde, Jean Valjean passera la fin de sa vie seul.	☐	☐

16. Il arrive que Thénardier en faisant une mauvaise action, réussisse sans le vouloir une bonne action. Par exemple, il sauve la vie de Pontmercy en le volant sur le champ de bataille. Trouver trois autres exemples comparables dans le roman.

17. Répondre aux questions

• Pourquoi Gillenormand accuse-t-il le jeune Marius d'être un « buveur de sang » ?

• Pourquoi Gavroche casse-t-il le réverbère de la rue de l'homme armé en disant « c'est du désordre » ?

• Quand Gavroche dit « j'en ai eu un [fusil] quand on a discuté avec Charles X », à quel événement pense-t-il ?

• Pourquoi dans sa chanson Gavroche rappelle-t-il les noms de Voltaire et Rousseau ?

• À votre avis, pourquoi l'histoire de Gavroche est-elle restée si célèbre ?

• Pourquoi Victor Hugo peut écrire « l'homme qui a gagné la bataille de Waterloo c'est Cambronne » ?

• Victor Hugo nous montre le soleil qui se couche à Waterloo et rappelle le soleil qui se levait à Austerlitz. Pourquoi cette comparaison ?

• À votre avis pourquoi Victor Hugo nous raconte en détail la bataille de Waterloo (1815) alors que tout le reste du roman se déroule autour de 1830 ?

• À travers le roman peut-on deviner les sympathies politiques de Victor Hugo ?

Pour aller plus loin

Contexte de l'œuvre

L'histoire de Gavroche se passe entre 1815 et 1832. Elle commence à la bataille de Waterloo et se termine après la révolte du peuple contre Louis-Philippe. Les personnages principaux (Gavroche, Marius, Cosette, etc.) ont été imaginés par Victor Hugo mais tous les événements racontés par l'auteur sont, eux, totalement vrais. Pour comprendre l'atmosphère et le contexte des *Misérables*, il faut revenir sur l'histoire de France. En effet à cette époque se sont produits des bouleversements importants qui sont en partie racontés dans ce dernier tome.

La Révolution française éclate avec la prise de la Bastille le 14 juillet 1789. C'est un moment d'espoir et de grand enthousiasme[1] pour le peuple français. Pour la première fois apparaît la devise « Liberté, Égalité, Fraternité ». Le 26 août 1789 est proclamée[2] la déclaration des droits de l'homme, inspirée des idées des philosophes français du XVIIIe siècle : Montesquieu, Voltaire, Rousseau.

En 1796, pour lutter contre les ennemis extérieurs, le Directoire met à la tête de l'armée française un jeune général de 26 ans, Napoléon Bonaparte, qui, en 1793, avait chassé les Anglais qui occupaient le port de Toulon. Celui-ci remporte en 1796 et 1797 en Italie des victoires importantes contre l'armée autrichienne et se rend très populaire. Puis il est envoyé

---

1. Sentiment fort qui pousse à l'action dans la joie.
2. Publier officiellement.

en Égypte contre les Anglais. En 1799, Napoléon rentre à Paris et prend le pouvoir par un coup d'État[1]. Il établit un nouveau gouvernement composé de trois consuls. Le premier consul, Napoléon, a tous les pouvoirs.

À l'intérieur du pays, Napoléon rétablit l'ordre et la discipline. Il réussit à vaincre les royalistes, il développe l'enseignement, favorise l'entreprise, réforme l'administration, la justice. En fait, il supprime les libertés politiques et limite la liberté de la presse mais il rassure[2] la bourgeoisie[3] en maintenant la croissance de l'économie. En 1804, se faisant nommer puis sacrer empereur, Napoléon ne respecte plus les principes de la Révolution. Pourtant il reste aimé du peuple grâce, surtout, aux victoires légendaires de la grande armée. Même s'il se conduit en dictateur[4], Napoléon est l'héritier de la Révolution. C'est la Révolution qui l'a porté, très jeune, au grade de général et c'est au nom de la Révolution qu'il va porter la guerre dans toute l'Europe pour « libérer les peuples opprimés par les rois ». En effet, à cette époque, la France est le seul pays d'Europe à avoir supprimé le pouvoir royal. Les rois européens effrayés d'abord par la Révolution en France puis par la puissance de Napoléon s'allient entre eux pour essayer de le vaincre. Ainsi Napoléon et son armée doivent affronter les Italiens, les Autrichiens, les Anglais, les Allemands, les Russes, les Espagnols, pendant plus de vingt ans de guerres.

---

1. Prise du pouvoir par la force.
2. Rendre confiant.
3. Classe moyenne et dirigeante en opposition avec la noblesse et la classe ouvrière.
4. Il exerce le pouvoir sans contrôle.

La plus extraordinaire victoire est certainement celle d'Austerlitz (2 décembre 1805) où Napoléon par son habileté[1] et aussi par chance réussit à vaincre la puissante armée des alliés autrichiens et russes. En effet, le brouillard d'abord favorable à Napoléon, car il lui permettait de cacher les mouvements de ses troupes, s'est brusquement levé. Un soleil miraculeux est apparu au bon moment pour permettre à Napoléon de bien voir l'ennemi et de remporter une victoire définitive. En 1807, Napoléon étend son pouvoir sur presque toute l'Europe qu'il réorganise, mettant à la tête de plusieurs États européens des membres de sa famille ou quelques-uns de ses généraux.

À partir de 1808, les défaites alternent avec les victoires. Napoléon doit céder devant les Espagnols, reculer devant les Russes, les Allemands... Finalement, en 1814, les alliés entrent dans Paris. Napoléon doit laisser le pouvoir. On remet un roi à la tête du gouvernement : Louis XVIII, le frère de Louis XVI. Napoléon est emprisonné à l'île d'Elbe, petite île de Méditerranée.

Mais un an plus tard, Napoléon réussit à s'échapper de l'île d'Elbe. Il débarque en France avec quelques hommes et remonte vers Paris en passant par la montagne pour ne pas être pris. Les troupes envoyées par le roi pour l'arrêter, composées d'anciens soldats de la grande armée, se mettent du côté de Napoléon qui arrive triomphant[2] à Paris. Pendant cent jours Napoléon va essayer de retrouver sa puissance mais les alliés européens réunissent un million d'hommes pour l'abattre. Napoléon est cette fois

---

1. Adresse, savoir-faire.
2. Accueilli par l'enthousiasme du public.

définitivement vaincu à Waterloo (1815). Prisonnier des Anglais, Napoléon est envoyé à Sainte-Hélène, une petite île de l'Atlantique sud, où il mourra en 1821.

Après la défaite finale de Napoléon, Louis XVIII rentre à Paris. Il ne veut pas être le roi de « deux peuples français » et voudrait bien réconcilier[1] les royalistes et les républicains. Il promet de garder les droits acquis par le peuple au moment de la Révolution et de partager le pouvoir avec une assemblée élue. Mais peu à peu les royalistes reprennent du pouvoir. En 1824, à la mort de Louis XVIII, son frère Charles X lui succède. Charles X, plus dur, essaie de rétablir le pouvoir absolu du roi. Il remplace même le drapeau tricolore par le drapeau blanc symbole de la royauté. En juillet 1830, le peuple se révolte et « monte » sur les barricades. Après trois journées de durs combats, « les Trois Glorieuses », Charles X doit abandonner le pouvoir le 31 juillet.

Le 9 août 1830, Louis-Philippe Ier, cousin lointain de l'ancien roi, devient roi des Français. La bourgeoisie d'affaires majoritaire[2] à l'assemblée a peur de la république et des excès de la révolution. On essaie de trouver une solution qui donne un certain pouvoir au peuple tout en gardant un roi à la tête de l'État, mais de nouveau les conservateurs[3] s'imposent. L'opposition républicaine s'agite, les insurrections populaires se multiplient : en 1832, lors de l'enterrement du général Lamarque, en 1834 et en 1839... La France vit une crise économique et agricole : le peuple est écrasé par la misère.

---

1. Mettre d'accord après une dispute.
2. Qui fait partie de la majorité.
3. Membres d'un parti politique qui défend les idées du passé.

Victor Hugo et l'histoire de son temps

Victor Hugo est le fils d'un officier de Napoléon et d'une mère royaliste. Son père d'origine modeste, s'engage très jeune dans l'armée révolutionnaire et deviendra ensuite un officier de Napoléon. La famille suivra le père nommé administrateur en Italie puis en Espagne. Cette enfance napoléonienne explique sans doute l'admiration sans limites que Victor Hugo portera toujours à Napoléon Ier et à la grande armée. Très influencé aussi par sa mère, Victor Hugo se situe pendant longtemps du côté des royalistes. Pourtant, très tôt, il montre ses préoccupations pour l'injustice sociale et plaide contre la peine de mort.

En 1849, Victor Hugo est élu député de la Seconde République. Ses discours sur la misère, la liberté de l'enseignement, la liberté de la presse l'éloignent définitivement de la droite conservatrice. Au moment où Louis Napoléon Bonaparte fait son coup d'État, Victor Hugo est dans l'opposition. Avec d'autres il tente d'organiser un soulèvement[1]. Il doit se cacher pour ne pas être arrêté, et s'enfuit pour Bruxelles. Dans ses écrits, il attaque Napoléon III qu'il appelle « Napoléon le petit » (l'opposant bien sûr à Napoléon Ier, le grand Napoléon).

Il s'installe ensuite à Jersey et Guernesey et restera en exil pendant vingt ans. Il refuse de rentrer en France tant que Napoléon III est au pouvoir, même si celui-ci a décidé de pardonner à tous ses opposants. « Quand la liberté rentrera, je rentrerai » dit-il. Lorsqu'il revient à Paris en septembre 1870, il est très populaire. Il sera élu député en février 1871. Lors de

---

1. Mouvement de révolte.

Affiche des Misérables *tourné*
par Jean-Paul Le Chanois en 1957.

l'insurrection de la Commune de Paris[1], il n'est pas du côté des insurgés mais il plaidera pour leur pardon. Riche et célèbre il continuera à défendre les pauvres.

Les Misérables, un témoignage

Le roman des *Misérables* est nourri de l'histoire de son temps, de l'expérience et de l'observation de Victor Hugo qui a noté pendant des années ses remarques sur des carnets.

Victor Hugo décrit dans le roman des scènes qu'il a vues réellement : par exemple, la mise en chaînes des prisonniers qui partent au bagne. Il a visité les lieux qu'il évoque : le bagne ou les égouts de Paris, le lieu de la bataille de Waterloo. Les personnages du roman sont aussi de cette époque. Pontmercy, personnage imaginaire, est le type même du soldat révolutionnaire. D'origine modeste, il a suivi Napoléon jusqu'au bout. Il a fait toutes les batailles de Valmy à Waterloo. C'est un héros de la grande armée.

Marius, personnage inventé pour le roman est comme Victor Hugo, le fils d'un père officier de Napoléon et d'une mère royaliste. Il choisit les idées républicaines de son père mais doit affronter la colère de son grand-père royaliste. Sa famille reproduit l'opposition entre les royalistes et les républicains qui marquera la politique de la France de 1789 à 1870. Lorsque Gillenormand, le vieux royaliste accuse son petit-fils d'être un « buveur de sang », il se souvient du roi exécuté par les révolutionnaires

---

1. Le gouvernement de l'insurrection de Paris s'est formé en 1871 en révolte contre le gouvernement en place.

républicains et de tout le sang versé au moment de la Terreur[1].

Javert le policier terrible, Enjolras l'étudiant républicain exalté et généreux correspondent à des réalités de l'époque. Tout comme Gavroche, le gamin de Paris, qui vit dans les rues. À cette époque, on compte 260 enfants sans domicile ramassés annuellement dans les terrains vagues, les maisons en construction ou sous les ponts.

Les événements racontés ou rappelés dans le roman se sont réellement passés : les batailles (Valmy, Friedland, Wagram, Montmirail, Austerlitz et, bien sûr, Waterloo), les révoltes populaires et les barricades (la révolte de 1830 contre Charles X et la révolte de 1832 lors de l'enterrement du général Lamarque).

Napoléon et Jean Valjean

Dans le récit de la vie de Jean Valjean, Victor Hugo joue avec l'histoire, les dates et les lieux : Jean Valjean a un destin inverse de celui de Napoléon. Au moment où Napoléon sort de l'ombre en 1793, Jean Valjean est emprisonné. Lorsque Napoléon est nommé général de l'armée d'Italie, Jean Valjean est envoyé au bagne de Toulon. Lorsque Napoléon, vaincu, est envoyé à Sainte-Hélène, Jean Valjean sort du bagne et retrouve la liberté. Jean Valjean revient vers Paris par la montagne, suivant la même route que Napoléon lors de son retour de l'île d'Elbe, route appelée aujourd'hui « route Napoléon ».

---

1. Ici, le mot désigne une période de grande peur au cours de la Révolution française, lorsque le gouvernement révolutionnaire a fait tuer des milliers d'opposants, des nobles en particulier.

Le courant romantique dans *Les Misérables*

Le romantisme est un large mouvement européen qui, entre 1790 et 1850, transforme complètement la littérature et la musique, et renouvelle la peinture.

Ce mouvement, né en Europe du Nord (Angleterre, Allemagne), à la fin du XVIIᵉ siècle s'est développé en France après la Révolution. Le romantisme se caractérise par l'importance accordée aux émotions et aux sentiments qui l'emportent sur la raison. Il ouvre la porte à l'imaginaire, au rêve et à l'utopie[1]. Il débouche souvent sur une vision politique du monde révolté, révolutionnaire parfois.

Dans le domaine littéraire, les écrivains romantiques de ce temps choisiront de s'exprimer dans le roman, le genre qui n'est soumis à aucune règle contrairement au théâtre ou à la poésie, celui où toutes les libertés sont possibles.

Il y aura des romans de tous genres : historiques, sociaux, fantastiques, sentimentaux, mélodramatiques et populaires... Certains sont écrits par de grands noms : Stendhal, Georges Sand, Victor Hugo, Alexandre Dumas...

Dans *Les Misérables*, Victor Hugo se donne pour mission d'apporter une réflexion philosophique et sociale sur l'histoire et le progrès humains. Il veut composer une « bible humaine ». Même s'il se nourrit de faits historiques et de choses vues, le livre n'est pas un roman réaliste : Victor Hugo n'a aucun souci de la vraisemblance. Il affirme : « L'important n'est pas qu'une histoire soit véritable, c'est qu'elle soit vraie. » Les thèmes sont romantiques : la

---

1. Projet ou idée qui paraît irréalisable.

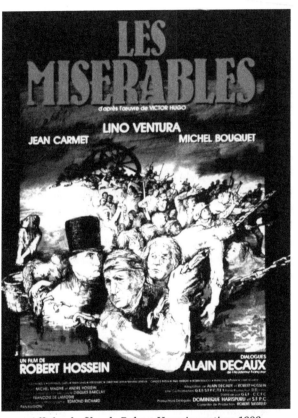

Affiche du film de Robert Hossein sorti en 1982.
Lino Ventura y tient le rôle de Jean Valjean.

révolte, l'idéal impossible à atteindre, la grandeur des sentiments humains, l'importance accordée à l'amour avant toute chose.

Beaucoup de scènes sont des tableaux qui rappellent les peintres romantiques. Les descriptions de la bataille de Waterloo, des combats sur les barricades nous font penser aux tableaux de Géricault ou de Delacroix. La lumière des scènes importantes est souvent sombre et contrastée avec une faible source lumineuse. Les événements se passent la nuit dans les rues de Paris, dans les bois, sur le champ de bataille ou dans les égouts

Mais ce qui frappe le plus dans *Les Misérables*, c'est la diversité de l'œuvre – diversité de ton, diversité de langue – et la liberté de l'expression. L'action dramatique est souvent interrompue par de longues digressions. Tous les procédés littéraires, tous les tons, les styles et les registres de langue sont représentés. Le récit est parfois pathétique[1], parfois tragique, parfois drôle. On trouve dans *Les Misérables* des lettres, des rapports de police, des chansons, des poésies...

Postérité de l'œuvre

Gavroche

L'œuvre de Victor Hugo est si populaire qu'elle a laissé dans notre patrimoine national des images que tout le monde connaît, même ceux qui n'ont pas lu *Les Misérables*.

Le personnage de Gavroche fait partie de ces images : Gavroche est désormais un nom commun qui désigne un enfant des rues pauvre mais libre, gai

---

1. Qui donne de fortes émotions, qui fait pleurer.

et moqueur comme le personnage de Victor Hugo. Aujourd'hui, on peut trouver dans les catalogues de mode « une casquette à la Gavroche », c'est-à-dire un peu trop grande et molle, inclinée négligemment sur l'oreille. Ce personnage du gamin de Paris a été repris plus tard par un dessinateur, Francisque Poulbot, dont les croquis d'enfants de la rue à Montmartre sont très connus.

Le drapeau rouge

L'apparition du drapeau rouge lors de l'insurrection de 1832 est historique et elle aura des suites...

Pendant la Révolution française, le drapeau rouge était simplement utilisé par l'armée pour signaler qu'elle allait intervenir pour punir les opposants à la Révolution ; c'était un avertissement (aujourd'hui encore un chiffon rouge signale un danger). Un jour pour se moquer, les foules révoltées ont utilisé ce drapeau pour signaler le danger dans lequel elles se trouvaient elles-mêmes. Apparu à l'enterrement du général Lamarque, comme le raconte Victor Hugo, il portait l'inscription « la liberté ou la mort ». Dans les journaux royalistes, on dit alors que le drapeau rouge représentait le désordre, le symbole des « buveurs de sang », le drapeau de l'*autre France*. Pour les insurgés, le drapeau devint à partir de ce moment-là le symbole de la révolution populaire.

Lors de la révolution de 1848, les républicains vainqueurs voudront remplacer le drapeau national français tricolore par le drapeau rouge. C'est le poète Lamartine, député à l'assemblée qui défendra le drapeau tricolore et convaincra[1] les républicains

---

1. Amènera à accepter l'idée.

d'abandonner leur idée. Le drapeau rouge sera repris par les insurgés de la Commune. C'est seulement sous le Second Empire que le drapeau rouge deviendra nettement le symbole du socialisme et de la lutte des classes populaires.

Une suite aux Misérables ?

En 2002 est publié en France un livre intitulé *Cosette ou le temps des illusions*. L'auteur, François Cérésa, passionné par l'histoire du XIXe siècle et les romans à rebondissements d'Alexandre Dumas, propose une suite aux *Misérables* : Javert toujours vivant deviendrait une sorte de Jean Valjean. Cosette n'aurait pas le destin que l'on pensait...

Cette publication a provoqué dans les médias des réactions diverses : on a notamment déclaré qu'il n'était pas permis de reprendre et de modifier le roman de Victor Hugo qui appartient au patrimoine national...

Les Misérables *au cinéma*

Devenu un véritable mythe littéraire, le roman, *Les Misérables*, a été repris dans une vingtaine d'adaptations. Depuis le cinéma muet jusqu'à aujourd'hui, des metteurs en scène de différentes nationalités (française, américaine, italienne, danoise...) se sont intéressés à ce livre.

Au cinéma, le personnage principal de l'histoire, Jean Valjean, a pris le visage d'acteurs célèbres. Nous les reconnaîtrons dans les films les plus récents : Jean Gabin (1958) dans le film de Jean-Paul Le Chanois, Lino Ventura (1982) dans le film de Robert Hossein, Jean-Paul Belmondo (1995) dans le film de Claude Lelouch, Liam Neeson (1998) dans le film américain de Bille August.

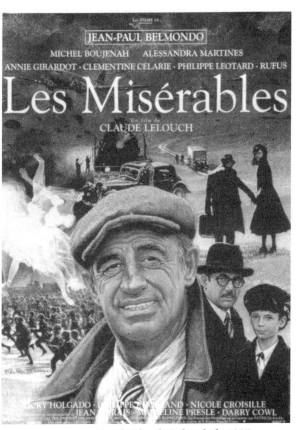

Affiche du film de Claude Lelouch de 1995.
Jean-Paul Belmondo tient le rôle principal.

Plusieurs adaptations cinématographiques se sont succédé pendant plus d'un demi-siècle. L'adaptation française en 1933 de Raymond Bernard est considérée par beaucoup comme l'une des plus réussies. Harry Baur y joue Jean Valjean et Charles Vanel est Javert. Dans la dernière adaptation en 1998, le cinéaste danois Bille August met en scène Liam Neeson dans le rôle de Jean Valjean, l'ancien bagnard devenu un homme respecté.

L'adaptation la plus libre est celle de Claude Lelouch en 1995 qui place l'histoire des *Misérables* au XXe siècle où la tragédie de la Seconde Guerre mondiale fait apparaître d'autres Javert, d'autres Thénardier. Le personnage de Jean Valjean devient Henri Fortin, joué par Jean-Paul Belmondo.

Les Misérables *à la télévision*

En 2000, le célèbre acteur Gérard Depardieu joue Jean Valjean à la télévision française, pour 10 000 000 de téléspectateurs, dans un téléfilm en quatre parties de Josée Dayan.

Dans cette grosse production, très fidèle à l'œuvre de Victor Hugo, sont également présents des acteurs renommés comme John Malkovich (Javert), Christian Clavier (Thénardier), Charlotte Gainsbourg (Fantine), Virginie Ledoyen (Cosette).

Les Misérables *sur scène*

La comédie musicale *Les Misérables* a apporté à ses auteurs Alain Boublil et Claude-Michel Schönberg une gloire internationale.

Créée à Paris en 1980 au Palais des Sports, elle a connu différentes versions. La version anglaise est toujours présentée à Londres depuis 1985 et la version américaine est jouée à New York depuis 1987.

Le spectacle est allé dans différents pays du monde, en Australie, dans les pays scandinaves, au Mexique, notamment. Il a été de nouveau adapté en français et présenté dans sa nouvelle forme au théâtre Mogador à Paris en 1991. C'est la version qui reste la plus connue.

Le thème qui traverse tout le spectacle est l'amour : l'amour du prochain, l'amour filial, l'amour de la liberté, l'amour de la vie, et enfin la mort par amour. Ce sentiment exprimé par des personnages simples, tragiques et passionnés donne à l'œuvre sa puissance et son caractère universel, même si la dimension politique n'apparaît pas.

Les Misérables *et Internet*

À l'occasion du bicentenaire de la naissance de Victor Hugo en 2002, de nombreux sites Internet ont été créés ou enrichis sur la vie et l'œuvre de l'auteur.

http://victorhugo.bnf.fr

Le site de la Bibliothèque nationale de France permet d'effectuer la visite de l'exposition *Victor Hugo, l'Homme océan*. Documents audiovisuels, bandes sonores, zooms sur les documents, dessins et manuscrits permettent d'approcher les œuvres de manière interactive. Cinq thèmes sont développés : l'océan, le voyage, la vision littéraire, la vision graphique, la vision politique.

Des séquences vidéo donnent la parole à des historiens, écrivains ou philosophes contemporains. En gros plans sont présentés différents aspects de la création de Victor Hugo : l'œuvre plastique et littéraire.

Des dossiers invitent à découvrir l'écrivain et ses combats pour la liberté. On trouve également toutes les références bibliographiques, discographiques et filmographiques, et toutes sortes d'images, de dessins, de portraits et de caricatures ainsi que des carnets de voyage de l'auteur.

À l'intérieur du site, Gallica permet de découvrir en ligne les *Œuvres complètes* publiées en 1985, sous la direction de Jacques Seebacher et de Guy Rosa.

www.victorhugo2002.culture.fr

Victor Hugo : conscience et combats (Collection Célébrations nationales)

Le site, coproduit par la Direction des archives de France et la Mission de la recherche et de la technologie du ministère de la Culture et de la Communication, présente Victor Hugo à travers quelques-uns de ses grands combats politiques, toujours d'actualité deux siècles plus tard. De nombreuses images et des documents d'archives inédits illustrent les articles. Une biographie chronologique, des fiches sur les hommes, les femmes et les lieux qui ont marqué l'écrivain, un jeu interactif complètent cette publication destinée à un large public.

www.france5.fr/hugo

Victor Hugo aux frontières de l'Europe

La chaîne de télévision France 5 propose de voyager au XIXe siècle : quatre cartes d'Europe pour mieux comprendre le parcours de l'homme de lettres engagé pour la paix et la coopération entre les peuples du continent. Des voyages qui accompagnent les différentes étapes de la vie de Victor Hugo. Également, une bibliographie et une filmographie.

www.victorhugo.asso.fr

La Société des amis de Victor Hugo, fondée le 6 janvier 2000, essaie de contribuer au rayonnement de la pensée et de l'œuvre de Victor Hugo. Son site rassemble des informations concernant l'association, ses activités passées et futures, des extraits d'anciens numéros de sa revue, ainsi que des liens utiles renvoyant aux autres sites hugoliens sur Internet.

www.victor-hugo.lu

Sur ce site les Amis de la Maison de Victor Hugo à Vianden au Luxembourg présentent une importante documentation sur les séjours de Victor Hugo au Luxembourg, un choix de textes et de dessins par lesquels le poète évoque ce pays une présentation du musée qui lui est consacré à Vianden depuis 1935.

http://gavroche.org/literature/vhugo

Victor Hugo Central permet de télécharger des œuvres de Hugo traduites en anglais et propose des articles issus de la presse américaine ainsi que des liens vers d'autres sites.

www.herodote.net

Ce site historique survole rapidement l'histoire de France de la préhistoire à nos jours en neuf périodes. La période qui nous intéresse s'appelle *Le temps des révolutions (1688-1848)*. Une chronologie simple permet de rechercher l'information à partir d'un mot.

On y trouvera aussi bien l'histoire de la guillotine ou de la *Marseillaise* que l'histoire de Victor Hugo et de la bataille d'*Hernani*.

www.histoire-image.org

Ce site permet de connaître le passé des Français (de 1789 à 1939) à travers des œuvres d'art ou des documents iconographiques qui s'y rapportent. Les tableaux présentés évoquent des événements politiques, mais aussi l'environnement culturel et social. Il est possible d'entrer dans le site de différentes façons : par le thème, par la chronologie, par l'auteur ou par le titre de l'œuvre

Les principaux tableaux sont replacés dans leur contexte historique et commentés.

www.elysee.fr

Rédigé en français, anglais, allemand et espagnol, ce site officiel de la Présidence de la République française présente dans sa rubrique *Institutions* les textes fondateurs et les symboles de la République. La plupart d'entre eux datent de la Révolution française de 1789. On y trouvera la déclaration des droits de l'homme, l'histoire de la *Marseillaise*, chant des soldats de la Révolution, l'histoire du drapeau français et de la devise « Liberté, Égalité, Fraternité ».

www.napoleon.org

Ce site de la fondation Napoléon donne des informations en français et en anglais sur toute la période du Premier et du Second Empire. Dans sa rubrique *Les essentiels* il nous explique clairement la chronologie des événements sur le plan politique comme sur le plan économique et culturel. Des cartes illustrent les propos.

On trouvera également sur ce site le calendrier républicain.

La rubrique *Tableaux* illustre toute cette période par de nombreuses œuvres d'art.

Notes personnelles

Titres de la collection
dans la nouvelle version

Niveau 1 : 500 à 900 mots

Carmen, Prosper Mérimée
Les Misérables, tome 1 de Victor Hugo
Les Misérables, tome 2 de Victor Hugo
Le Tour du monde en 80 jours de Jules Verne
Les Trois Mousquetaires, tome 1 d'Alexandre Dumas
Les Trois Mousquetaires, tome 2 d'Alexandre Dumas
Contes de Perrault
Aladin et la lampe merveilleuse
Le Roman de Renart

Niveau 2 : 900 à 1 500 mots

Le Comte de Monte-Cristo, tome 1 d'Alexandre Dumas
Le Comte de Monte-Cristo, tome 2 d'Alexandre Dumas
Germinal d'Émile Zola
Les Misérables, tome 3 de Victor Hugo
Les Lettres de mon moulin d'Alphonse Daudet
Les Aventures d'Arsène Lupin de Maurice Leblanc
Notre-Dame de Paris, tome 1 de Victor Hugo
Notre-Dame de Paris, tome 2 de Victor Hugo
Cyrano de Bergerac d'Edmond Rostand
Sans famille d'Hector Malot
Le Petit Chose d'Alphonse Daudet
20 000 lieues sous les mers de Jules Verne
Cinq contes de Guy de Maupassant
Paris

Niveau 3 : 1 500 mots et plus

Maigret tend un piège de Georges Simenon
La Tête d'un homme de Georges Simenon
Bel-Ami de Guy de Maupassant

Imprimé en France par I.M.E
Dépôt légal n°32168-03/2003 – Collection n°04 – Edition n°01
15/5243/9